KB236456

나는 아빠다

나는 아빠다

윤현호 지음

보아스
BOAZ

등장인물 10

종말의 탄생 15
마술사의 빈손 25
악질형사 36
첫 번째 인질극 46
형사의 월급 57
당신에게 66
장기이식 75
마지막 면회 88
내사 97
악연 110
부메랑 128
절대 악연 143
총 157
통화내역 171
방아쇠 185
울퉁불퉁한 세상 199
너무 멀리 온 남자 215
두 번째 인질극 227

작가의 말 251

한종식

파괴한 남자. 물면 놓지 않는 도베르만 같은 강력계 형사다. 세상의 모든 불행을 다 가진 사람. 딸, 민지는 현대 의학으로는 치료하기 힘든 심장병에 걸리고, 아내는 딸을 간호하는 게 힘에 부쳐 우울증에 걸렸다. 결국 아내는 우울증을 극복하지 못해 권총으로 자살하는데 하필 민지가 그 광경을 목격한다. 그날 이후 민지는 자폐증에 걸리고, 종식은 딸의 웃는 얼굴을 보는 게 평생소원이 된다.

나상만

파괴된 남자. 유치원, 학교, 술집을 전전하며 쇼를 하는 가난한 마술사로, 가족이 삶의 전부인 우리네 평범한 아버지다. 넉넉하진 않지만, 사랑하는 아내와 함께 딸을 키우는 재미로 살아가는 선량한 소시민이다. 살인누명을 쓰고 감옥에 갇혔지만 누구 하나 원망하지 않았다. 하지만 출소해보니, 아내는 살인마의 가족이란 굴레를 비관해 딸과 동반 자살을 시도했다. 딸은 죽고 아내만 뇌사 상태로 살아남았다. 모든 것이 파괴된 상만에게 유일하게 남은 것은 한종식에게 복수하는 길뿐이다.

김미경

민지에게 심장을 이식해주기 위해 노력하는 장기이식 코디네이터. 민지가 살 수 있는 길은 심장이식뿐이기에 더욱 헌신적으로 매달린다. 천신만고 끝에 민지에게 새 심장을 기증할 수 있는 공여자를 찾는 데 성공하지만, 상대가 상만의 아내임을 알고 난감해한다. 미경은 언론보도를 통해 상만과 종식의 악연을 알고 있었다. 아직 둘은 서로를 모르고 있지만, 알게 되는 건 시간문제였다. 과연 민지가 심장이식을 받을 수 있을지, 미경은 걱정이 크다.

양천수

종식의 후배 형사. 판검사를 꿈꾸고 명문대 법학과를 졸업, 사법시험에 통과했다. 그런데 면접만 남겨둔 상태에서 돌연 경찰이 되겠다고 경찰에 지원했다. 그 중에서도 가장 힘들다는 강력계에 투신한 대한민국 최고 꼴통이다. 법과 절차에 얽매이지 않고 맨발로 범인을 잡으러 뛰어다니는 종식에게 반해 강력계 형사가 되었다. 그러나 종식이 민지 수술비를 벌려고 뒷돈을 받고 상만에게 살인 누명을 씌웠다는 걸 알고는 그를 체포할지를 놓고 몹시 괴로워한다.

이기복

불법도박 조직의 행동 대장이었으나 구속을 면하는 조건으로 종식의 끄나
풀이 되었다. 영업이익의 4할을 바치는 것도 모자라, 동료까지 경찰에 파는
신세가 되었다. 그렇게 충성을 다했지만 쓸모가 없어지자 종식에 의해 수갑
이 채워진다. 감옥에 갇힌 기복은 그곳에서 상만을 만나 의형제가 된다. 출
소 후에 상만 가족에게 닥친 불행을 듣고 상만과 힘을 합쳐 종식에게 복수를
결심한다.

황 사장

불법도박에 부동산 투기, 사채업까지 돈 되는 일이라면 물불 안 가리고 달
려드는 악의 화신이다. 자기 돈을 갚지 않는 클럽사장을 청부살해하고, 일을
잘 마무리해주는 조건으로 종식에게 뒷돈을 제공한다. 그러다 종식이 거추
장스러워지자 그마저 살해하려고 한다.

김 형사

종식이 가장 믿고 따르는 선배 형사. 의리로 똘똘 뭉친 가슴 따뜻한 사람
이다.

한민지

심장병을 앓고 있는 한종식의 딸. 엄마의 자살을 목격하고 자폐증에 걸린다.

나예슬

아빠를 끔찍하게 사랑하는 나상만의 딸. 엄마의 잘못된 판단으로 운명을 달리한다.

양지영

나상만의 아내. 살인자 가족이란 주홍글씨에 비관해 딸과 함께 동반 자살을 시도한다.

종말의 탄생

띠리링.

전화벨 소리가 들렸다. 휴대전화를 찾아 여기저기 손을 뻗던 종식은 그만 침대에서 굴러 떨어지고 말았다. 전화벨이 계속해서 울리고 있었다. 아직 잠에서 깨어나지 못한 종식은 게슴츠레 눈을 뜨고 주변을 살폈다. 이곳은 여관이었다.

바닥엔 아무렇게나 벗어던진 점퍼와 속옷, 술병들이 나뒹굴고 있었고, 색이 바래고 곰팡이가 핀 벽지는 금방이라도 뜯어질 듯 너덜거렸다. 온돌방의 매트에는 라면 냄비 자국이 여기저기 찍혀 있었다.

그때였다. 침대 이불에서 휴대전화 불빛이 반짝거렸다. 종식이 이불 속을 뒤지자 물컹하고 사람 손이 잡혔다. 실오라기 하나

걸치지 않은 여자가 잠들어 있었다. 짙은 화장으로 나이를 숨기려 했지만, 새파란 청춘을 속일 수 없는 노래방 도우미였다.

종식은 여자를 발로 떠밀었다.

"아우, 오빠."

여자가 귀찮다는 얼굴로 비켜났다. 그곳에 휴대전화가 있었다. 종식은 숙취 때문에 머리가 깨질 듯이 지근거렸다. 종식은 잠에 취한 목소리로 전화를 받았다.

"여보세요."

—아빠?

갑작스런 딸의 목소리에 종식은 현실감을 찾지 못하고 버둥거렸다.

—아빠?

"어, 그래. 민지야…."

종식이 어색하게 대답했다.

—왜 전화를 안 받아? 계속했는데.

"…."

—아빠, 잤어?

"민지야. 아빠 지금 일하던 중이니까, 나중에…."

—거짓말.

"나중에 통화해."

—안 돼! 의사 선생님이 아빠 바꿔달래.

"누구?"

종식의 말이 끝나기도 전에, 휴대전화 건너편에서 낯선 남자의 목소리가 들려왔다.

―민지 아버님이십니까?

민지가 감기에 걸린 줄 알고 동네 병원에 데려간 적이 있었다. 의사는 청진기로 민지의 심장박동을 들어보더니, 뜬금없이 더 큰 병원으로 가보라고 했다.

대학병원에서 정밀 검사를 해본 결과, 민지는 감기가 아니었다. 심장 근육에 염증이 있었던 것이다. 일종의 신근염인데, 그것이 '울혈성심근증'이란 병으로 발전해 있었다. 심장이 비대해지고, 심축 기능이 저하되는 병이었다.

의사는 뜻밖의 얘기에 놀란 종식과 그의 아내를 바라보며 죄송하다고 말했다. 종식은 의사의 다음 얘기가 두려워 그 자리를 피하고 싶었지만 아내가 손을 바들바들 떨면서 종식의 팔을 잡았다. 종식은 사형선고를 언도받는 심정으로 의사의 말을 들었다. 의사는 민지의 병이 현대 의학으로도 아직 원인을 밝혀내지 못한 병이라 치료법이 없다고 했다.

종식은 무너지는 아내를 일으켜 세웠다.

그렇게 길고 고통스러운 민지의 투병 생활이 시작되었다. 벌써 5년 전 이야기였다.

─아버님? 민지 아버님?

휴대전화 건너편에서 의사가 연거푸 종식을 불렀다.

옛날 생각에 넋이 나갔던 종식은 그 소리에 정신을 차렸다. 아팠던 기억을 되살리는 건 언제나 괴로운 일이었다. 종식은 의사의 목소리를 들으니 덜컥 겁부터 났다. 종식은 휴대전화를 고쳐 잡았다. 어느새 그의 목소리가 떨리고 있었다.

"우리 민지한테 무슨 일이 있는 겁니까?"

─아, 아닙니다.

"아니라고요?"

─민지는 걱정 안 하셔도 됩니다. 컨디션도 양호하고, 앞으로 통원 치료를 꾸준히 하면 괜찮을 것 같습니다. 투약 시간 꼭 지켜주시고요.

다행이었다. 종식은 마른침을 삼켰다.

─오늘은 민지 말고, 다른 문제로 상의드릴 일이 있습니다.

"뭔지 모르겠는데… 이봐요. 꼭 지금 얘기해야 됩니까?"

도우미가 작정하고 종식에게 덤벼들었는데, 그것이 나쁘지 않았다. 도우미가 빨리 전화를 끊으라고 채근했다.

─여보세요? 민지 아버님.

"애 엄마 있지 않습니까. 급한 거 아니면 애 엄마랑 얘기해요."

종식은 전화를 끊으려고 했다. 하지만 의사의 한마디가 종식을 붙들었다.

—민지 어머님 때문에 뵙자고 하는 겁니다.

의사 말로는 민지가 보호자도 없이 혼자서 통원 치료를 다녔다고 했다. 그게 벌써 사흘째라고 했다. 집에서 병원까지 가려면 버스를 두 번이나 갈아타야 한다. 한 시간 반 거리다. 심장 뛰는 것이 불규칙해서 툭하면 호흡 곤란을 일으키는 애를 병원에 혼자 보내는 건 너무나 위험한 일이었다.

종식은 의사 얘기가 믿기지 않았다. 남의 나라 얘기 같았다. 종식이 알기에 애 엄마는 그럴 여자가 아니었다. 민지를 간호하겠다며 다니던 직장도 그만두고 스물네 시간 애 곁에서 떨어지지 않는 여자가 아닌가. 그런데 왜?

의사가 말했다.

—민지 어머님이 지금 우울증일 수도 있습니다.

"우울증이요?"

—아이 치료를 위해 부모가 자기 인생을 포기하고 전적으로 간호에만 매달릴 경우 우울증에 걸릴 확률이 높습니다. 제가 보기에 민지 어머님도 그런 게 아닐지 염려됩니다. 그래서 아버님을 따로 뵙고 상의를 드리려고 하는 겁니다.

"…"

—민지 아버님?

종식은 전화를 끊어버렸다. 더 듣고 싶지 않았다. 울화가 치밀었다.

민지 병원 치료비와 약값으로 한 달에 꼬박 75만 원이 들어간다. 그 돈이 하늘에서 뚝 떨어지는 줄 아나? 그 돈 벌겠다고 하루 종일 밖에서 뛰어다니는 사람도 있는데, 고작 집구석에서 애 보는 게 힘들어서 우울증에 걸렸다고? 그렇게 따지면 나는 벌써 100번이고, 1,000번이고 우울증에 걸렸다. 아무리 그래도 그렇지, 애를 혼자 병원에 보내?

어처구니가 없었다. 종식은 당장 아내에게 전화를 걸었다.

띠리리리.

통화 대기음이 지루하게 울렸다. 아내는 전화를 받지 않았다. 집전화도 휴대전화도 응답이 없었다. 아무리 걸어도 소용없었다. 빌어먹을…. 참다못한 종식은 휴대전화를 집어던졌다.

일단 민지부터 병원에서 데려와야 했다. 종식은 서둘러 옷을 챙겨 입었다. 그러자 노래방 도우미가 종식을 붙들었다.

"형사 오빠, 벌써 가게?"

종식은 권총 벨트를 차고, 수갑을 챙겨들었다. 지갑을 열어 침대 위에 지폐 몇 장을 던졌다.

"다음에 보자."

종식은 여관을 빠져나왔다. 벌써 해가 중천이었다. 강렬한 햇살에 종식은 눈살을 찌푸렸다. 나와는 상관없이 오늘도 세상은 잘 굴러간다는 사실이 이가 갈릴 정도로 싫었다. 신물이 났다.

　민지를 병원에서 데려왔을 때, 애는 잠들어 있었다. 종식은 잠든 민지를 둘러업고, 초인종을 눌렀다. 몇 번을 눌러도 인기척이 없었다. 화가 치밀어 올랐다. 도대체 집에 안 붙어 있고 어딜 간 것인가. 종식은 호주머니를 뒤졌다. 열쇠로 문을 따고 들어갔다. 집 안은 고요했다. 종식은 민지를 침대에 눕히고 거실로 나왔다.
　아내가 부엌에 있었다.
　"집에 있었어?"
　아내는 대꾸가 없었다.
　그녀는 식탁 의자에 앉아 멍하니 허공을 바라보고 있었다. 종식은 피곤한 얼굴로 냉장고 문을 열었다. 전에 사둔 맥주가 없었다. 대신 민지의 약이 있었다. 강심제, 이뇨제, 혈관 확장제 등 가루약과 알약, 시럽이 가득 했다. 이게 현실이었다. 피곤했다. 뭐든 게 그냥 피곤했다.
　"당신, 요새 뭐가 그리 불만이야?"
　종식은 냉장고를 뒤지며 말했다. 일부러 아내와 시선을 마주치지 않았다.
　아내는 대꾸가 없었다.
　"나랑 말 안 하기로 작정했어?"
　그때였다. 달칵. 종식의 등 뒤 너머로 권총 안전핀 돌리는 소리가 들렸다. 종식이 뒤돌아섰다. 아내가 종식이 바닥에 팽개쳐 둔 권총 벨트에서 총을 뽑아 그를 겨냥하고 있었다. 놀랍지도 않았다. 종식은 귀찮다는 듯 한숨을 내쉬었다.

"내려놔."

"…."

"내려놔, 얼른!"

종식이 윽박질렀다. 하지만 아내는 총을 내려놓지 않았다.

"뭐 어쩌자고?"

"…."

"지금 너만 힘들어? 나도 죽겠…."

탕!

아내는 방아쇠를 당겼다. 말릴 틈이 없었다. 총을 빼앗으려 달려들던 종식이 피를 흘리며 쓰러졌다. 그의 손등을 관통한 탄환이 가족사진 액자에 박혔다. 작년에 놀이동산에 갔다가 쇼 퍼레이드 앞에서 세 식구가 나란히 찍은 사진이었다. 박살난 액자가 바닥을 나뒹굴었다. 종식은 힘겹게 몸을 일으켰다. 손이 저려왔다. 피가 흘렀다. 후드득 쏟아지는 핏물에 바지춤이 오줌을 싼 것처럼 흠뻑 젖었다.

아내는 여전히 그를 겨누고 있었다.

종식이 기억하기에 총엔 아직도 탄환 두 발이 남아 있었다. 남편을 쏘고도 아내의 얼굴엔 표정이 없었다. 그래서 무서웠다. 두려웠다. 온몸에서 식은땀이 흘렀다.

종식은 아이를 어르듯 아내에게 말했다.

"영주야, 우리 내려놓고 얘기하자…."

아내는 종식을 경계하며 방아쇠에 손가락을 끼웠다.

"영주야, 이러지 말자. 응?"

아내가 눈물을 흘리자 종식이 조심스레 다가섰다.

"영주야, 그러지 말고…."

"가까이 오지 마!"

아내가 비명 같은 고함을 질렀다.

"너라는 인간한테… 아주 신물이 나."

"왜 그래? 진짜!"

"당신은 알아야 돼. 당신은… 참을 수 없는 사람이야…."

아내는 가까이 오지 말라는 듯 종식의 얼굴에 총구를 겨눴다. 그래도 종식이 다가오자, 아내는 총구를 입에 물었다.

"영주야!"

탕!

아내는 방아쇠를 당겼다. 아내의 파편이 사방으로 튀었다.

총성이 남긴 압도적인 이명이 세상의 모든 소리를 몰아냈다. 아무 소리도 들리지 않았다. 아무 생각도 나지 않았다. 종식은 바닥에 번져가는 아내의 붉은 핏물을 넋을 놓고 바라보았다. 핏물이 멈춘 곳에 작고 하얀 발이 보였다. 민지가 총소리를 듣고 잠에서 깨어 부엌으로 나온 것이다. 민지는 눈물이 글썽한 눈으로 피범벅이 된 아빠와 엄마를 바라보고 있었다.

"민지야, 보지 마. 민지야….."

민지의 눈을 가리려던 종식은 질퍽한 피에 발이 미끄러져 바닥에 넘어졌다. 민지는 자지러지게 비명을 질러댔다.

마술사의 빈손

작년 10월 4일. 18시 30분경.

구로동 레인보우 클럽에서 살인 사건이 발생했다.

피살자의 이름은 오문수. 당시 나이 52세. 레인보우 클럽의 사장이었다. 오문수는 사건 당일 18시경 클럽의 문을 열기 위해 평소보다 일찍 출근했으며, 30분 뒤 살해용의자 나상만과 사소한 말싸움 끝에 그에게 살해됐다.

올해 나이 39세인 나상만은 경기 하남 출신으로, 레인보우 클럽에서 쇼를 하던 프리랜서 마술사였다. 마술 행사가 있으면 유치원, 학교, 구민회관 등 어디든 가리지 않고 달려가는 3류 마술사였던 상만은 사건이 일어나기 석 달 전인 7월 10일부터 레인보우 클럽에서 밤 10시부터 11시 30분까지 매주 3회 공연을 하기로 계약을 맺었다.

하지만 오문수는 경영난을 핑계로 차일피일 월급 지급을 미뤄왔고, 그것이 화근이 되어 상만은 오문수를 살해한 것이 되었다.

사건을 목격한 레인보우 클럽 여종업원의 증언에 의하면, 상만은 평소 조용하고 내성적인 성격으로 매우 성실했다고 한다. 그는 단 한 번도 결근한 적이 없었고, 공연이 없는 날에도 가끔 클럽에 찾아와 잔일을 도왔다고 했다.

사건 당일.

상만은 클럽이 영업을 개시하기 전에 나타나 오문수 사장을 찾았다. 사장과 그 시간에 만나기로 미리 약속을 해둔 상태였다. 사장실에 들어간 상만은 월급 문제로 오문수와 언성을 높이며 말다툼을 벌였다. 감정이 격해지고 욕설이 오고 가자, 상만은 사장실에서 나왔다. 상만의 진술에 따르면, 그는 마음을 진정시키기 위해 클럽 밖에서 담배를 피웠다고 한다.

그리고 약 10분 뒤, 상만은 사장실에 되돌아왔고 클럽의 주방 칼로 오문수를 다섯 차례 찔러 사망케 했다. 흉부에 세 번, 옆구리와 허벅지에 각각 한 번씩이었다. 그 중 결정적인 사인은 흉부에 두 번째 찔린 자상이었다.

마침 그때 클럽에 출근해 있던 여종업원은 오문수의 비명을 듣고 사장실로 달려왔고, 그녀는 상만이 사건 현장에서 죽은 오문수를 쳐다보며 어쩔 줄 몰라 했다고 기억했다. 상만이 자신도 죽일까 봐 겁이 난 여종업원은 그 길로 도주했고, 클럽과 10미터 떨어진 편의점에 숨어 경찰에 사건 신고를 했다.

신고를 접수받은 구로 경찰서 순경들은 19시경 레인보우 클럽에 도착했고, 그때까지 사건 현장을 벗어나지 못하고 패닉 상태에 빠져 있던 상만을 현장에서 체포했다. 이상이 '나상만 살해 사건'의 전말이다.

그러나 상만은 자신이 결백하다며 이를 인정하지 않았다. 그는 사건 당일, 밖에서 담배를 피운 뒤 사장실에 돌아갔을 때 이미 오문수는 칼에 찔려 있었다고 주장했다. 누군가와 심하게 몸싸움을 벌였는지 사장실은 난장판이었고 벽에 걸어놨던 대형 거울도 산산조각이 나서 바닥에 발 디딜 틈이 없었다고 했다. 게다가 상만은 상의를 벗어 사장의 상처를 동여매고, 주변에 급히 도움을 청했다고 했다.

"누구 없어요? 구급차 좀 불러주세요!"

그러나 그의 주장은 다음과 같은 이유로 신빙성이 없었다.

첫째, 사건 당일 클럽에는 상만과 여종업원, 피살자 오문수 외엔 아무도 없었다. 심지어 상만이 밖에서 담배를 피우고 있는 동안에도 클럽에 드나든 인물이 없었다.

둘째, 상만은 구급차를 불러달라며 소리쳤다고 주장하지만,

여종업원은 당시 상황을 정확히 기억하지 못했다. 그녀는 클럽 음악 때문에 그의 목소리를 듣지 못했다고 증언한 것이다. 그녀가 들은 목소리는 사장의 비명뿐이었다.

셋째, 사장을 찌른 칼에서 상만의 지문이 다량 검출되었다.

이와 같이 상만이 범인이라는 상황 증거가 여럿 있음에도, 상만은 자신이 결백하다는 사실을 굽히려 하지 않았다. 바로 어제까지의 일이었다.

하지만 오늘 아침 상만은 돌연 입장을 바꿔 자신이 오문수를 죽인 범인이라고 자백했다. 이 사건을 담당하던 구로 경찰서 강력3반 양천수 형사는 왜 갑자기 상만이 마음을 바꿨는지, 그 이유가 궁금했다.

"저기요, 나상만 씨…."

천수가 상만을 불렀다.

상만은 현장 검증을 위해 사건 현장으로 이동하는 내내 말이 없었다. 그는 굳은 얼굴로 경찰 승합차 차창 너머를 바라보고 있었다.

"나상만 씨."

천수가 그를 다시 불렀다.

그제야 상만은 천수를 쳐다보았다.

"그동안 자백하지 않으시다가 오늘 갑자기 인정하셨는데 이유를 물어봐도 되겠습니까?"

"이미 끝난 사건 아닙니까?"

뜬금없는 상만의 대답에 천수는 일순 당황했다.

상만이 말했다.

"한종식 형사님이 그러시더군요. 자백할 필요 없다고."

"무슨 말씀인지…."

"흉기엔 지문이 찍혔고, 현장을 목격한 참고인, 죽은 사람과 원한 관계까지 있고, 제 입이 말하지 않아도 증거가 이미 자백했다고."

"혐의를 인정하지 않으면서 현장 검증을 하겠단 말입니까?"

상만은 피식 웃었다. 자조적인 미소였다.

"아닙니다. 제가 말을 잘못했네요. 제가 죽였습니다."

둘의 대화를 조용히 듣고만 있던 김 형사가 천수에게 버럭 소리를 질렀다.

"넌 조서를 본 거야, 글자를 센 거야? 조서에 다 나와 있잖아. 쓸데없는 소리하지 말고 복장 점검이나 해!"

천수는 상만의 몸을 구석구석 살폈다. 혹시 모를 사태에 대비하기 위해서였다. 간혹 흉기를 몸에 숨겼다가 현장 검증할 때 난동을 피우는 사건 용의자들이 있었다.

상만은 자신의 몸을 뒤지는 천수를 물끄러미 바라보았다.

"양 형사님은 형사된 지 얼마나 됐습니까?"

“예?”

“신참 같아서 해본 말입니다.”

“이번 사건이 첫 사건입니다.”

상만은 뭔가 생각하듯 고개를 주억거렸다. 검사를 마친 천수가 물러났다. 상만은 깨끗했다. 상만이 천수를 빤히 쳐다보며 물었다.

“양 형사님, 마술 좋아하십니까?”

“…”

“저한테 정말 아무것도 발견하지 못했습니까?”

“예?”

천수는 당황했다.

상만이 의미심장한 얼굴로 말했다.

“양 형사님, 관객들이 언제 마술사한테 처음 속을까요?”

김 형사가 긴장한 듯 상만을 노려보았다. 그가 아까부터 주먹을 쥐고 있었다. 뭔가를 숨기고 있는 것 같았다. 천수도 불안한 얼굴로 상만을 바라보았다. 상만이 천천히 주먹을 폈다. 빈손이었다. 잠시나마 긴장했던 형사들이 놀란 가슴을 쓸어내렸다.

“야, 나상만! 너 현장 검증 할 때도 그 짓하면 재미없어.”

김 형사는 화를 냈지만 상만에게서 느껴지는 묘한 불안함까진 씻어내지 못했다.

승합차는 사이렌을 울리며 사건 현장으로 달려갔다.

사건 현장은 피비린내가 진동하는 살인 사건이 일어났다는 게 믿겨지지 않을 만큼 한적했다. 평일 낮이라 더 그랬는지도 몰랐다. 의경 몇몇이 폴리스 라인 밖을 지키고 있을 뿐, 하다못해 구경 나온 동네 주민도 없었다. 돈이 얽힌 살인 사건은 하룻밤 사이에 부지기수로 일어나는 흔한 사건이 아니던가.

김 형사는 형식적으로 두런두런 주변을 살폈다.

"사건이 밋밋해서 그런가? 썰렁하네. 피살자 가족은 뭐라고 해?"

"연락했더니 볼 생각 없대요. 알아서들 하라고."

"이래서 죽은 놈만 불쌍한 거지. 쯧쯧."

상만은 현장을 둘러보았다. 벽과 바닥에 튀겼던 붉은 핏물이 이제는 갈색으로 바래 있었고, 오문수가 죽었던 자리엔 하얀 페인트칠이 되어 있었다. 김 형사는 우두커니 서 있는 상만에게 흉기를 건네주었다. 신문지로 싼 칼이었다. 상만은 칼을 잡았다. 묵직한 칼의 무게가 몹시 생경했다.

김 형사가 발끈해서 소리를 질렀다.

"야! 나상만. 너 칼 제대로 안 들래? 네가 그렇게 찔렀어? 뒤집어 잡아. 뒤집어!"

상만은 칼을 고쳐 잡았다. 상만은 이 칼로 오문수를 다섯 번 찔러 죽였다.

김 형사가 시키는 대로 상만은 칼을 쥐고 오문수를 대신할 마네킹에게 다가섰다. 옷 가게에서 흔히 봤던 마네킹이 상만을 무표정하게 바라보고 있었다.

형사들은 캠코더로 상만의 현장 검증 동선을 찍고 있었다.

김 형사가 말했다.

"뭐해? 얼른 찔러."

"……."

"제일 먼저 찌른 데가 어디야?"

상만은 우물쭈물했다.

"흉부 1번. 목울대 밑 아냐!"

상만은 문득 오문수 사장한테 들었던 얘기를 떠올렸다.

"어이, 나상만. 자네가 왜 업소에서 안 팔리는 줄 아나? 자네 쇼엔 말여, 사람을 훅 후려잡는 게 엄써. 맥아리가 없단 말여. 허구한 날 비둘기 가지고 장난치지 말고, 미녀를 구해봐. 여기는 술 파는 술집이여. 누가 모자에 비둘기 숨기는 걸 보러 오겠어? 안 그려?"

오문수는 흥이 나서 말을 이었다.

"자네도 아이디어를 굴려보라고. 왜 저런 거 있잖어. 홀딱 벗고 가슴만 가린 여자들. 요즘 러시아 백마들이 그렇게 싸대요. 그런 여자들 데려다 마술을 부려야 돈이 되는 거여."

상만은 멋쩍게 웃기만 했다.

"어라? 이 사람이 웃네? 참말이여. 내 말 그냥 흘려듣지 말어. 상만이 자네가 아직 젊어서 모르는데, 세상이 말여 별것 없어. 너무 착할 필요도 없고. 너무 순해도 못써. 날 보면 알 거 아녀? 내가 왜 지금 이 모양 이 꼴인디?"

오문수 사장은 누구한테 해코지 당할 정도로 착하고 순한 인물은 아니었다. 그렇다고 누굴 해코지할 인물도 아니었다. 그는 악하지도, 선하지도 않은 평범한 사람이었다.

돈을 버는 족족 도박판에 처박느라 상만에게 월급은 제때 못 주더라도, 집에 들어갈 때 고기라도 사들고 가라고 꼬깃꼬깃해진 만 원짜리 몇 장을 찔러주던 사람이었다.

상만은 그런 오문수가 싫지 않았다. 오문수를 굳이 죽일 이유가 없었다.

비록 마네킹이지만, 그게 오문수 사장이라고 생각하니 상만은 차마 칼을 휘두를 수 없었다. 그 꼴을 지켜보던 김 형사가 인상을 찌푸렸다. 그는 상만에게 버럭 소리를 질렀다.

"야! 정신 안 차리냐!"

현기증이 일었다. 상만은 기진맥진한 얼굴로 바닥에 주저앉았다. 천수는 캠코더를 정지시켰다. 사건 용의자가 양심의 가책을 느끼는 장면 따위는 현장 검증 녹화에 불필요한 부분이었다. 형사들은 좀 쉬었다가 녹화를 재개하기로 의견을 모았다.

형사들이 모여서 담배를 피우는 동안, 상만은 바닥에 웅크리고 앉았다. 형사들은 몰랐다. 상만은 지금 그의 인생을 건, 단 한 번의 마술 쇼를 준비하고 있었다. 오문수 사장이 말하던, 사람들의 이목을 한 방에 훅 사로잡을 마술 쇼. 행여나 공연 도중에 실수를 할까 봐 어젯밤 머릿속으로 수백 번 되풀이해서 연습했던 마술 쇼였다.

상만은 소매에 숨겼던 머리핀을 꺼내 수갑의 열쇠 구멍을 쑤시기 시작했다. 형사들이 그를 힐끔 돌아보았다. 흠칫 놀란 상만은 움직임을 멈췄다. 조마조마해서 심장이 터질 것 같았다. 진땀이 흘렀다. 상만은 감시가 잦아들 때까지 기다렸다가 다시 머리핀을 돌렸다.

이상했다. 지금쯤이면 손끝에 감촉이 와야 하는데, 이리저리 머리핀을 돌려봐도 반응이 없었다. 뭔가 잘못됐다.

"나상만 씨?"

천수와 상만의 얼굴이 마주쳤다. 툭하고, 상만의 손에서 머리핀이 떨어졌다. 소스라치게 놀란 천수가 상만을 바라보았다. 상만 역시 낭패 어린 얼굴로 천수를 바라보았다. 그러나 이미 상만의 수갑은 풀려 있었다. 그의 마술이 성공했다.

상만은 재빨리 천수의 허리춤에서 권총을 뽑아들었다. 그러곤 천수의 관자놀이에 총구를 겨누었다.

"전부 손들어!"

상만이 소리를 지르자 기겁한 형사들이 머리로 양손을 올렸다.

"이런다고 달라질 건 없어. 형량만 늘어날 뿐이야. 얼른 총 버려!"

김 형사가 말했다.

"그래요. 말로 해요, 나상만 씨."

천수도 거들었다.

"말로 되는 거면, 여기까지 오지도 않았습니다."

상만은 입술을 악물었다. 그는 덫에 걸린 야생동물처럼 공포에 질려 거칠게 숨을 몰아쉬었다. 총을 쥔 그의 손이 덜덜 떨렸다. 상만이 난동을 피운 이유는 단 하나였다.

"한종식 형사 좀 불러주시겠습니까?"

악질형사

재작년 5월, 불법 사행성 오락기를 제조, 판매하고 폐업 공장 등지에서 불법 오락영업을 벌여온 조폭 일당 12명이 체포되었다. 그 중 11명이 구속되었고, 나머지 한 명이 유일하게 불구속 기소 처리되었는데, 그가 이기복이었다.

기복은 어렸을 때부터 학교 다니듯이 소년원을 들락날락했던 인물로, 일찍부터 싹수가 노랬다. 고등학교도 제대로 졸업하지 못하고 퇴학당한 그는 동네 건달로 몇 년을 허비하다가 군 제대 후 동향 선배 홍구를 만난 이후로 불법 도박장에 발을 디뎠다.

타고난 사교성과 언변으로 여자들도 꽤나 후리고 다녔던 기복은 조직의 유망주였다. 적어도 종식을 만나기 전까진 그랬다. 당시 기복에겐 유일한 가족으로 할머니 한 분이 계셨는데, 임종이 오늘 내일 했었다. 종식은 기복이 할머니를 끔찍하게 생각하는 것을 익히 알고 있던 터라, 할머니를 간호할 수 있게 구속을 면해주는 조건으로 끄나풀 노릇을 지시했다. 거절할 수 없는 거래였다.

그날부터 기복은 분기별로 영업 이익의 4할 이상을 종식에게 바쳐야 했고, 시시때때로 그가 원하는 정보를 제공해야 했다. 다시 말해 동료를 파는 일이었다.

오늘도 종식은 기복을 호출했다.

기복은 종식이 지시한 대로 견인차를 구해 끌고 나왔다. 동료를 파는 것도 모자라서 형사랑 같이 체포하러 간다는 게 영 마음에 걸렸다. 더군다나 그 대상이 홍구였다. 기복은 정말 죽을 맛이었지만, 종식의 명령은 거역할 수 없었다. 종식은 아내가 죽은 뒤로 더 포악해지고 더 악랄해졌다. 그가 아내를 죽였다는 소문이 심심치 않게 돌고 있었다.

기복은 차를 모는 내내 불안한 얼굴로 종식의 눈치를 살폈다. 종식은 휴대전화를 붙들고 고함을 지르고 있었다.

"그래서 그게 무슨 소리야?"

종식은 은행 직원과 씨름 중이었다.

—고객님은 연금연계대출까지 이미 받으신 걸로 조회되네요. 신용도까지 하락하셔서 대출금을 상환하지 않으시면 추가 대출

은 불가능합니다.

"2,000도 안 돼? 돈 2,000이? 내가 급해서 그래!"

―고객님, 지금은 추가 대출하실 때가 아니라 신용도를 관리하셔야 합니다.

종식은 치밀어 오르는 짜증을 억눌렀다.

"그래서요?"

―대출 금리는 내려가고 있는데 고객님 금리만 올라가고 있잖아요. 대출 이자부터 꼬박꼬박 내시고 현금서비스도 줄이시고….

"이봐요, 내가 돈 떼먹고 도망가는 놈들 처넣는 형사야."

―네, 알고 있습니다. 고객님.

은행 직원도 짜증이 나는지 한숨을 쉬었다.

"경찰 공무원이라고! 내가 돈을 떼먹겠어? 이자를 떼먹겠어? 대한민국 경찰이 돈 2,000도 대출을 못 받는 게 말이 돼?"

―고객님, 담보나 보증인을 세우시면 약간의 대출은 가능할 수도….

"그런 거 있으면 내가 지금 당신한테 설교 듣고 있겠어!"

뚝. 통화가 끊겼다.

"여보세요? 여보세요! 야!"

종식이 고함을 질렀다. 그러고도 분이 풀리지 않는지 애꿎은 기복을 노려보았다. 기복은 정지 신호를 보고 견인차를 멈춰 세우고 있었다.

“밟아!”

“예?”

“밟아, 이 자식아!”

“아니, 지금 빨간 불인데….”

“밟으라고!”

종식이 기복의 뒤통수를 후려갈겼다. 이러지도 저러지도 못하고 있던 기복은 에라 모르겠다, 하는 심정으로 액셀을 밟았다. 사거리가 뒤엉키고 사방에서 자동차 경적소리가 울렸다.

종횡무진 질주하던 견인차는 폐공장이 밀집해 있는 도심 외곽에 멈춰 섰다. 종식은 차에서 내리자마자 견인차 후미에 있는 갈고리를 어깨에 둘러멨다. 기복은 차에서 시동을 건 채, 종식을 내다보았다. 종식은 폐업한 공업사 철문 손잡이에 갈고리를 걸고 있었다. 종식이 시작하라고 고갯짓했다.

기복이 액셀을 밟으며 레버를 당겼다. 부아앙. 모터가 갈고리 레인을 당기기 시작했다. 공업사 철문이 통째로 뜯겨져 나가 하늘로 치솟았다. 그러자 벌집을 뜯어낸 것처럼 그 안에 벌떼처럼 몰려 있는 사람들이 모습을 드러냈다.

담배 연기가 메케한 밀실에서 사람들은 다닥다닥 붙어 있는 슬롯머신 앞에 쭈그리고 앉아 화면에 온 신경을 집중하고 있었다. 이곳은 간판도 달지 않고 영업하는 불법 오락실이었다.

종식은 흙먼지를 걷어내며 안에 들어섰다.

"아주 그냥 돈 썩는 냄새가 진동하는구먼."

그때였다. 주먹깨나 쓰게 생긴 어깨들이 몰려왔다.

"뭐야? 당신?"

종식은 말없이 선글라스를 벗었다. 종식의 얼굴을 본 어깨들이 흠칫 놀라 달아나기 시작했다. 종식은 그 중 한 놈을 주목했다. 머리를 박박 깎은 놈이었다.

"쟤냐? 홍구가?"

종식이 물었다. 기복도 홍구를 알아보았다.

"네, 저놈입니다."

"가서 잡아."

"예?"

"뭐하냐? 도망가잖아."

기복은 울상을 하고 마지못해 놈을 쫓아 달렸다.

"뛰어!"

종식이 고함을 질렀다. 종식은 허둥지둥 달리는 기복의 꼬락서니를 보고 킬킬거렸다. 그러곤 바닥에 떨어진 상품권 다발을 주머니에 찔러 넣었다.

기복은 죽을힘을 다해 홍구를 쫓았다. 홍구는 좁은 골목을 내달렸다. 기복은 거미줄처럼 뒤엉킨 골목길에서 길을 잃었다. 당황한 기복은 눈길이 닿는 대로 무작정 달렸다. 어딜 가나 비슷한 광경이었다. 기울어져가는 전봇대 근처엔 나지막한 판잣집이 줄을 지어 있었고, 그곳엔 어김없이 악취를 풍기는 오물이 아무렇게나 쌓여 있었다.

기복은 가쁜 숨을 몰아쉬었다. 아무래도 홍구를 놓친 것 같았다. 그때였다.

"이 자식!"

판잣집 지붕에 숨어 있던 홍구가 훌쩍 뛰어내리면서 기복의 등짝을 걷어찼다. 홍구는 쓰러진 기복을 마구 짓밟았다. 그는 조직 안에 경찰 끄나풀이 있다는 소문을 믿지 않던 터였다. 그런데 동향 후배 놈이 그 짓을 하고 있을 줄이야.

홍구는 기복의 멱살을 잡았다.

"너냐? 큰 형님 넘긴 게 너야?"

"…."

"왜? 왜 그랬어? 왜 그랬냐고, 이 자식아."

그때였다. 기복이 기습적으로 주먹을 날렸다. 한때 프로복서로 3년을 뛰었던 그였다. 홍구가 나자빠졌다. 기복은 홍구를 일으켜 세웠다. 이가 나갔는지 녀석의 입에서 핏덩이가 흘러나왔다. 놈에게 또 한 방을 날리려는 찰나, 종식이 나타났다.

종식은 만신창이가 된 홍구를 보곤 눈살을 찌푸렸다.

"무식한 놈, 사람 잡는 거 하곤."

종식은 수갑을 꺼내 기복한테 던졌다.

"채워."

기복은 홍구 손목에 수갑을 걸었다. 자기를 원망하듯 쳐다보는 홍구의 눈길을 애써 외면했다. 기복이 홍구의 나머지 손목에도 수갑을 채우려고 하는데, 종식이 말렸다.

"거기 말고."

기복은 불안한 눈초리로 물었다.

"예?"

"너도 채워야지. 니들 한 식구잖아."

"그게 무슨 말입니까?"

"혼자만 살겠다고?"

기복은 소리를 버럭 질렀다.

"약속하고 다르잖습니까!"

"허튼소리 하지 말고…. 손가락 작살나기 싫으면 어여 차."

기복은 울분을 이기지 못하고 품에서 사시미 칼을 꺼냈다.

"제길, 뽑아먹을 땐 언제고….”

기복은 서슬 퍼런 칼날을 이리 저리 돌렸다. 종식은 같잖다는 듯 웃었다. 종식이 소매 단추를 풀며 다가오자 기복은 자기도 모르게 주춤주춤 뒤로 물러섰다.

"기복아, 낚시질하다 한꺼번에 세 마리 낚아봤냐? 지렁이 하나 먹겠다고 물속에서 지들끼리 미친 듯이 싸우는 거야. 그러다 어떻게 되겠어? 몽땅 끌려나와 매운탕 신세 되는 거밖에 더 있어?”

“닥쳐!”

기복이 칼을 휘둘렀다. 칼날이 종식의 뺨을 스치고 지나갔다. 종식은 멈칫했다. 손바닥으로 뺨을 닦았다. 피가 묻어 있었다. 피비린내가 종식의 코를 찔렀다.

순간, 부엌 바닥에 번져가던 아내의 새빨간 핏물. 그 피의 호수에 발을 적시고 피울음을 울부짖던 딸애 얼굴이 떠올랐다. 피는 언제나 절박하고 다급하게 종식을 충동질했다.

종식은 싸늘하게 식은 얼굴로 기복을 바라보았다. 기복은 자기가 그어놓고도 감당이 안 되는지 부들부들 떨고 있었다.

“아, 아냐! 내 잘못이 아니라고!”

종식이 괴성을 지르며 달려들었다. 피에 굶주린 야수처럼 미친 듯이 덤벼들었다. 주먹으로 기복의 얼굴과 흉부를 가격하고, 쓰러지는 놈을 붙들어 세워 사타구니를 마구 걸어찼다. 울분이 풀릴 때까지, 녀석이 곤죽이 될 때까지 그 짓을 계속했다. 기복은 피칠갑이 되어 쓰러졌다. 종식은 짐승처럼 숨을 헐떡였다. 온몸이 땀에 젖어 있었다.

종식이 바닥에 나뒹구는 사시미 칼을 주워들었다. 눈이 휘둥그레진 기복이 엉금엉금 기어서 종식에게 매달렸다.

“사… 살려주십쇼.”

종식은 기복의 얼굴을 걷어찼다. 그러곤 구둣발로 놈의 얼굴을 짓이겼다.

"기복아…."

끈적끈적한 피침을 흘리며 기복이 대답했다.

"네에…. 하, 한 형사님."

"걱정하지 마라. 내가 이걸로 널 찌르면, 니들 양아치하고 똑같아지잖아. 안 그러냐? 나도 형사 짬밥이라는 게 있는데…."

"네에…."

"네에?"

"아, 아닙니다."

"아무리 짭새라도 세금 받아먹는 공무원인데…. 그럼 안 되잖냐? 그치?"

기복은 두려움에 떠느라, 대꾸도 할 수 없었다. 종식이 사시미 칼날을 기복의 뺨에 지그시 대고 있었다. 종식은 말을 이었다.

"근데 내가 말이지. 빚진 거는 꼭 갚아주는 사람이다."

으아악!

종식은 비명을 지르는 기복의 입을 틀어막고 사시미로 놈의 뺨을 그어버렸다. 막 잡은 생선처럼 고통에 겨워 펄떡거리는 기복을 내려다보며 종식은 섬뜩하게 웃었다. 홍구는 종식의 그 허연 이가 두려워 얼굴을 돌렸다.

종식은 남은 수갑을 기복의 손목에 채웠다. 놈들을 일으켜 세워 견인차로 끌고 갈 즈음 휴대전화가 울렸다. 김 형사였다.

—종식아, 너 지금 어디냐?

"왜?"

—지금 큰일 났어!

"형, 무슨 소리야?"

—이런, 일이 이렇게 꼬이냐?

"뭐야? 똑바로 말해봐!"

첫 번째 인질극

종식은 곧장 사고 현장으로 견인차를 몰았다. 의경들이 엄청나게 몰려든 구경꾼들과 방송국 취재진을 폴리스 라인 밖으로 몰아내고 있었다. 종식은 경찰증을 보여달라는 의경들을 밀어젖히고, 현장에 들어섰다.

고함을 질러대며 현장을 지휘하던 김 형사가 종식을 보곤 손짓했다.

"날도 추운데 이게 무슨 짓거리냐⋯."

"형, 언제부터 그랬어?"

"한 두 시간 됐다."

종식은 건물 옥상을 올려다보았다. 그곳에서 상만은 천수를 인질로 잡고, 한종식 형사를 만나게 해달라고 농성을 벌이고 있었다.

종식은 가래침을 내뱉었다.

"부탁한 건 어떻게 됐어?"

"지금 오는 중이야."

김 형사는 옥상으로 올라가는 종식을 붙들어 세웠다.

"야, 꼭 이렇게 해야 되냐? 괜히 일 벌이는 거 같아서 나는 좀 그렇다."

"내가 알아서 할게."

"보는 눈이 많으니까…. 조용히 처리하자. 응?"

종식은 불안해하는 김 형사를 보곤 피식 웃었다.

"이 상황에서 웃음이 나와?"

"왜? 재밌지 않겠어?"

종식은 계단을 뛰어올랐다. 옥상에서 경계를 맡고 있던 경찰들이 종식과 김 형사를 보곤 경례를 부쳤다.

상만은 종식이 나타나자 인질로 잡고 있는 천수의 목에 총구를 바짝 들이댔다.

종식은 경찰들에게 지시를 내렸다.

"다 내려가."

의아해진 경찰들은 서로를 쳐다보며 우물쭈물했다. 그러자 종식이 버럭 소리를 질렀다.

"야, 뭐해? 내려가라고! 못 들었어?"

김 형사가 서둘러 의경들을 내려 보냈다. 종식은 홀로 남은 김 형사도 내려 보냈다.

"형도 내려가."

"혼자서 되겠어?"

김 형사가 걱정스런 얼굴로 물었다.

"담배나 놓고 가."

김 형사는 담배를 건네주었다. 종식은 담배를 물고 불을 붙였다.

상만이 긴장 어린 얼굴로 그를 주시하고 있었다.

"일을 재밌게 만드셨어? 나상만 씨."

상만은 기세에 눌리지 않으려는 듯 눈에 힘을 주었다.

"시간 많으니까 한 대 피우고 시작하자고."

종식은 옥상 난간에 걸터앉아 담배를 빨았다. 아내가 죽은 이후로 처음 피우는 담배였다. 기분이 썩 좋지 않았다. 종식은 담배 연기를 내뱉었다. 핏물이 번져나가듯, 시커먼 서울의 밤하늘에 하얀 연기가 부서져 나갔다.

"재수사를 요구한다."

상만의 말에 종식은 비릿하게 웃었다.

"그래서… 기껏 한다는 게 꼴랑 인질극이시다?"

상만은 핏발 선 눈으로 종식을 노려보았다.

"오문수 사장, 내가 안 죽였어! 그 사실은 하늘이 알고, 땅이
알아!"

"그래서 어쩌자는 거야? 형사 하나 잡겠다고?"

"아니!"

상만은 인질로 잡았던 천수를 앞으로 떠밀었다. 그러곤 총구를
종식에게 겨누었다. 상만의 뜻밖의 행동에 어안이 벙벙해진 천수
는 불안한 얼굴로 상만과 종식을 번갈아 쳐다보았다. 상만은 금방
이라도 쏠듯 방아쇠에 손가락을 댔다.

"날 쏘시겠다?"

종식이 말했다.

그러나 상만은 권총 총구를 종식이 아닌, 자기 관자놀이에 들
이댔다. 그 모습에 기겁한 천수가 소리를 질렀다.

"총 내리세요!"

종식도 놀랐는지 자리에서 일어났다. 상만은 종식을 노려보았
다. 종식 역시 지지 않으려는 듯 상만의 시선을 그대로 받았다.
둘 사이에 팽팽한 긴장감이 흘렀다. 한 치의 물러섬도 없었다.

천수가 애가 타서 소리 질렀다.

"보강수사 할게요. 약속 드리겠습니다. 그러니 얼른 총 내리
세요!"

종식이 윽박질렀다.

"너, 입 안 닥쳐!"

천수는 이내 입을 다물었다.

"너도 내려가."

"한 형사님…."

"더 이상 끼어들지 마. 내 문제야."

종식은 상만에게 다가섰다.

"당길 수 있으면 당겨. 너 같은 놈 하나 죽는다고 세상이 눈 하나 깜빡 할 것 같나?"

"최소한 내가 억울하게 죽었다는 건 알게 되겠지."

"멍청하긴…. 살아서 억울한 놈이 죽는다고 달라져?"

상만은 이를 악물었다.

"안 돼요. 쏘면 안 돼!"

천수가 소리치자 종식이 피식 웃었다.

"쏴. 재판까지 갈 필요 없고, 좋잖아."

총을 쥔 상만의 손이 부들부들 떨렸다. 죽음뿐이었다. 그의 결백을 주장할 수 있는 유일한 길은 그것뿐이었다. 상만은 그렇게 생각했다. 종식이 무전기를 꺼낼 때까지는 그랬다. 종식의 무전기에서 낯익은 목소리가 들렸다.

—아…빠?

순간, 상만의 눈알이 돌아갔다. 딸, 예슬의 목소리였다. 상만은 종식에게 총을 겨누었다.

"너, 이 새끼. 우리 애한테 무슨 짓을 한 거야!"

"죽기 전에 유언 한마디는 남기셔야지."

종식은 무전기에 응답했다.

"예슬 대원은 들어라. 작전 중엔 오버라고 붙이는 거다. 따라 해라. 오버."

잠시 후, 무전기에서 예슬의 목소리가 흘러나왔다.

―오버…?

"야, 이 나쁜 놈아!"

상만은 울부짖었다. 자기 식구들을 여기에 부를 줄은 꿈에도 몰랐다. 지금 이 순간, 진실로 종식을 죽이고 싶었다. 놈의 이마에 총구를 뚫고 싶었다. 그러나 종식은 상만의 살기에 아랑곳하지 않고 예슬과 얘기를 이어갔다.

"잘했다. 너희 아빤 지금 스파이더맨 작전 중이다. 스파이더맨 아나? 오버."

―스파이더맨 안다.

"또 오버 안 한다."

―아, 맞다. 오버.

"그럼 예슬 대원을 아빠와 통화하게 해주겠다. 오버."

종식은 상만의 발밑으로 무전기를 밀었다. 상만은 억장이 무너졌다. 애한테 이런 모습은 보여주고 싶지 않았다. 예슬은 계속 아빠를 찾았다. 무전기에서 예슬의 목소리가 들렸다.

―아빠… 아빠! 아빠?

"받아봐. 뭐하고 있어?"

상만은 무전기를 주워들었다. 그러나 말이 떨어지지 않았다.

─아빠? 아빠!

"그래, 예슬아….."

상만의 목소리에 울음이 묻어났다.

예슬은 신이 난 모양이었다.

─와! 아빠다. 오버!

"예슬아… 유치원 갔다 왔어?"

─작전 중엔 오버를 붙여야 한다. 오버.

"그래. 오버."

─아빠 보고 싶어. 왜 집에 안 왔어? 아빠가 TV 나온다고. 어떤 아저씨가 가자고 그랬어, 오버. 아빠, 빨리 내려와, 오버.

"처음 보는 아저씨 따라가지 말라고 아빠가 말했어, 안 했어?"

─했어. 오버.

"근데 왜 왔어?"

─그게 아니구…. 그게… 엄마랑 같이 왔다. 오버.

"그래…."

─아빠, 집에 올 거지? 나, 참치 김밥 먹고 싶다. 오버.

상만은 목이 잠겨 대꾸를 할 수 없었다.

─아빠 올 때까지 기다린다. 오버.

"…"

—아빠, 대답해라. 오버.

곧이어 다른 목소리가 들렸다. 아내, 지영이었다.

—여보….

지영은 울먹였다.

"미안하다…. 지영아."

상만의 목소리가 떨렸다. 흐느끼는 아내의 모습이 눈에 선했다.

"애 데리고 집에 가."

—예슬이 아빠….

"…."

—예슬이 아빠, 지금 듣고 있는 거지? 그냥 내려와. 응?

"내가 어쩌다 여기까지 왔나?"

—난 당신 믿어. 그러니까 제발….

상만은 무전기를 꺼버렸다. 옥상 아래로 자기를 올려다보는 아내와 딸이 보였다. 예슬이 손을 흔들고 있었다. 가슴이 무너졌다. 더 이상 버틸 힘이 없었다.

상만은 총을 버렸다. 모든 게 끝났다. 앞으로 나아갈 길도, 뒤로 물러설 길도 보이지 않았다. 상만은 두 손을 들고 투항했다. 그 순간, 난간 턱에 발이 걸려 헛디뎠다. 상만은 주르륵 지상으로 미끄러졌다.

지상에서 인질극을 구경하던 시민들은 옥상 경사면을 타고 미끄러지는 상만을 보고 소리를 질렀다. 견인차에 있던 기복도 그

상황을 흥미롭게 지켜보고 있었다. 지영은 놀라서 예슬의 눈을
가렸다.

　그때였다. 종식이 몸을 던져 상만의 재킷을 필사적으로 붙들
었다. 두 남자가 옥상 난간에 매달린 아찔한 상황이 연출되었다.
잡고 있던 재킷이 찢어지자 상만은 손을 뻗어 종식과 맞잡았다.
종식은 힘겹게 상만을 끌어올렸다.

　"뒈질 거면 딴 데 가서 뒈져. 누굴 엿 먹이려고?"

　종식은 상만을 안전한 곳으로 끌어올리고선 수갑을 철컹 채
웠다.

　가쁜 숨을 몰아쉬며 무전기에 대고 말했다.

　"상황 종료."

　천수가 상만을 넘겨받으려고 다가왔다. 하지만 느닷없이 날아
온 종식 주먹에 나가떨어졌다.

　"바보 같은 놈."

　상만이 건물 밖으로 모습을 드러냈다. 기다렸다는 듯이 기자
들과 취재진이 그에게 몰려들었다. 사방에서 플래시가 터졌다.
번쩍거리는 불빛에 상만은 눈을 감았다. 아수라장이었다. 기자
들의 질문이 예리한 칼처럼 그의 온몸을 찔러댔다.

　"인질극을 벌인 이유가 뭡니까?"

　"경찰 수사에 불만이 있다고 들었는데, 사실입니까?"

"정말 오문수를 죽인 게 본인이 맞습니까?"

"나상만 씨, 대답해요!"

천수가 상만의 얼굴을 가렸다. 경찰들이 달려와 취재진을 몰아냈다. 상만은 보았다. 얼마나 울었는지, 눈이 벌겋게 충혈이 된 아내가 상만을 바라보고 있었다. 예슬이 아빠를 보곤 달려가려고 했지만, 아내가 붙들었다. 예슬이 아빠를 불렀다.

"아빠!"

상만은 고개를 돌렸다. 미리 대기하고 있던 경찰차에 몸을 실었다. 사람들 틈바구니에서 애처롭게 서 있는 아내와 딸을 상만은 무기력하게 바라보았다.

경찰차가 사람들을 뚫고 도로로 나갔다. 기자들은 포기하지 않고 차량을 따라 달렸다. 그들은 보닛을 두들기며 소리 질렀다.

"나상만 씨, 대답해요! 대답해!"

그렇게 상만은 사라졌다. 의경들이 호루라기를 불며 사람들을 물렸다. 구경꾼과 취재진들이 하나둘 현장을 빠져나갔다. 여경이 울고 있는 상만의 아내를 토닥이며 경찰차에 태웠다. 예슬은 그 와중에도 아빠를 찾고 있었다.

"아빠 어디 갔어? 응?"

옥상에 혼자 남은 종식은 담배를 물었다. 요란했던 소동의 여운이 쉽사리 가시지 않았다. 계속해서 가슴이 뛰었다. 종식은 상

만의 마지막 눈빛을 기억했다. 곰처럼 웅크린 그가 말없이 묻고
있었다.

'정말, 내가 사람을 죽였다고 믿는 겁니까?'

형사의 월급

그날 밤 종식은 밤늦게 차를 몰았다. 경찰서엔 현장에서 바로 귀가한다고 통보해두었다. 그러나 그가 향한 곳은 집이 아니었다. 종식의 차는 남산대로를 달려 한남동 오피스텔 지하 주차장에 멈춰 섰다. 어두침침한 주차장에 드문드문 주차된 차들이 보였다. 종식은 차에서 내렸다. 벤츠 한 대가 후미등을 켠 채 그를 기다리고 있었다.

종식은 벤츠 뒷좌석에 올라탔다. 황 사장이 그를 맞이했다. 황 사장은 DMB로 뉴스 특보를 보고 있었다. 사건 현장에 나타난 종식과 인질극을 포기하고 자수하는 상만의 모습이 교차 편집되어 방송으로 나가고 있었다.

뉴스 앵커는 흥분한 얼굴로 뉴스를 전했다.

오늘 밤, 서울 시내 한복판에서 인질극이 벌어졌습니다. 다행히 사건은 세 시간 만에 종결되었는데요. 사건 현장에 나갔던 이치우 기자에게 자세한 상황을 들어보겠습니다.

황 사장은 DMB를 껐다.

"한 형사님 덕분에 오늘 좋은 구경했습니다."

"…."

"살아보겠다고 발버둥 쳤나 본데… 죄목만 늘었네요."

"…."

"하기야 원래 병신이 병신 짓하는 데는 이유가 없는 거죠. 병신이니까 병신 짓하는 거고, 병신 짓하니까 병신인 거지."

"돈이나 내놔."

"똥 밟을 뻔한 거 처리해주셨는데 암요, 드려야죠."

황 사장이 고갯짓하자, 앞자리에 앉아 있던 수하가 쇼핑백을 건네주었다. 묵직했다.

"큰 거 스무 장 넣었습니다."

종식은 백을 열어보았다. 뭉칫돈이 수북했다. 용건은 끝났다. 종식은 차문을 열고 나갔다. 그러나 황 사장의 한마디가 그를 붙들었다.

"한 형사님, 요즘 여기저기 돈 꾸러 다니시느라 똥줄이 타신다고요?"

"누가 그래?"

"앞으로 종종 뵐 기회가 있겠습니다."

"당신하고 연애할 마음 없어."

황 사장은 능글맞게 웃었다.

"한 형사님이 저를 끊을 수 있겠습니까?"

"…."

"다시 연락드리지요."

황 사장의 벤츠가 종식을 남겨두고 출발했다.

종식이 황 사장을 처음 만난 건 아내의 장례식장에서였다. 종식이 경찰인 덕에 아내 시신은 별다른 수사 절차 없이 일사천리로 수습, 처리되었다. 경찰 감식반이 자살 현장 사진을 찍은 뒤, 아내의 시신을 정리하여 비닐 백에 담았다.

종식은 소식을 듣고 달려온 김 형사와 반장에게 자신이 목격한 바를 간단하게 진술했다. 반장은 상심이 크겠다며, 나머지는 우리가 알아서 할 테니 장례 준비를 하라고 일렀다.

종식은 병원에 전화를 걸었다. 민지가 다니는 병원에서 장례식을 치를 생각이었다. 다행히 자리가 있었다. 장례비용과 절차를 논의했다. 종식은 그 모든 게 번잡하게 여겨졌다. 그래서 병원이 하자는 대로 따랐다. 그리고 따로 민지 주치의에게 전화를 걸었다. 엄마의 자살을 목격한 민지는 그 자리에서 실신했었다.

다행히 민지가 안정을 되찾아가고 있다고 주치의가 말했다. 혹시 모를 이상을 발견하기 위해 소아과에서 정밀 검사를 받아보길 권하기에 그렇게 하자고 말하곤 종식은 전화를 끊었다.

병원 원무과에서 지정해준 영안실은 5호였다. 늙은 장모가 아내의 영정 사진을 붙들고 통곡하고 있었다. 장모의 얼굴에서 죽은 아내의 얼굴이 보였다. 종식은 장모를 쳐다볼 수 없어 고개를 돌렸다. 장모는 종식의 가슴을 쥐어뜯으며 울었다.

"이 사람아, 이 야속한 사람아. 자네가 어찌했기에 애가 제 손으로 목숨을 끊나!"

종식은 아무 말도 할 수 없었다. 장인이 울부짖는 장모를 끌어냈다. 아침 이른 시간이라 가족 이외에 다른 문상객은 없었다. 종식은 장인을 따라 병원 뒤뜰로 나갔다. 장인이 담배를 찾았다. 종식이 장인의 담배에 불을 붙였다.

"죽은 사람은 죽은 거고, 산 사람은 살아야 돼."

장인이 담배 연기를 한숨처럼 내뱉으며 말했다.

"면목이 없습니다."

"제 명이 거기까지인 것을 어떻게 자네 탓을 하겠나. 더구나 자네는 민지 아비야. 죽은 사람은 홀가분하게 떠나면 되지만, 그 남은 몫은 오롯이 자네가 감당해야 돼."

"…."

장인은 먼 산을 바라보며 말했다.

"민지 애미 오라비도 어렸을 때 심장마비로 갔어. 자넨 알지?"

"예…."

"심장이 약한 건 우리 집안 내력일세. 그동안 말은 못 했지만, 자네한테 괜한 고생을 시키는 것 같아 내내 미안했네."

"…."

"앞으로 민지는 어쩔 셈인가?"

"무슨 말씀이신지…."

"아이가 진정될 때까지만이라도 우리가 맡았으면 하는데…."

"…."

"그렇게 해주게. 영주 잃고 나서 자네 장모 마음이 많이 허할 걸세."

종식은 그러겠다고 대답했다. 종식 역시 민지를 돌볼 자신이 없었다. 민지를 보면 아내가 죽었던 그 절박했던 순간이 떠올라 자꾸만 주저앉고 싶어졌다. 민지도 종식을 보면 그럴 것이라 생각했다. 민지와 잠시 거리를 둘 필요가 있었다. 장인 역시 그 점을 염려하고 있는 것 같았다. 사려가 깊은 사람이었다.

문상객들은 저녁이 돼서야 하나둘 나타났다. 지방에 흩어져 살던 친척들이 찾아왔다. 그들은 영정 사진 앞에서 눈물을 흘리곤 육개장에 밥을 말아먹었다. 모두가 약속이나 한 것처럼 아내 얘기는 꺼내지 않았다. 다들 아내가 어떻게 죽었는지 알고 있는 모양이었다. 종식은 죄인이 된 것처럼 그들 앞에서 고개를 숙였다. 서로 말없이 인사가 오고 갔다.

경찰서장이 조화를 보내왔다. 동창회와 향우회에서 만장을 보내와 빈소 입구에 세웠다. 강력반 식구들은 밤늦게 문상을 왔다. 수사계장, 총무과 사람들도 찾아와 종식을 위로했다. 종식은 그들에게 술을 따랐다. 그들은 날이 밝도록 담요를 깔아놓고 고스톱을 치다가 돌아갔다. 사람들이 떠난 빈소에 정적이 흘렀다. 종식은 그 정적의 무게를 감당할 수 없어 빈소에 떨어진 머리카락과 휴지를 주우러 다녔다.

장인이 잠시라도 눈을 붙이라고 권했다. 종식은 빈소에 딸린 부속실에 들어갔다. 온돌방이 뜨거웠다. 종식은 커튼을 치고 바닥에 누웠다. 지하에서 보일러 돌아가는 소리가 희미하게 들려왔다. '에엥' 하고 기계 우는 소리가 마치 여름날 매미 울음소리 같았다.

종식은 쉽사리 잠들지 못하고 몸을 뒤척였다. 보일러실의 기계음이 어둠 속에서 점점 증폭되어 어느새 아내가 자기 머리에 탄환을 박던 총성으로 뒤바뀌어 있었다. 깊이를 측정할 수 없는 이명이 그를 짓눌렀다. 종식은 자리에서 일어났다. 현기증이 났다. 겨드랑이에 비지땀이 가득 찼다.

결국 종식은 빈소로 나왔다. 검은 양복을 차려입은 사내들이 상주를 찾아 두리번거리고 있었다. 황 사장과 그 수하들이었다. 황 사장이 명함을 건넸다. 그는 자신을 컨설팅 회사 대표라고 소개했다. 종식은 대번에 그의 거짓말을 알아보았다. 컨설팅은 허울 좋은 구실에 불과했다.

황 사장은 폭력전과 3범에 사기전과까지 있는 조직폭력배 두목이었다. 막강한 자본을 바탕으로 수원, 안양, 안산 일대에 불법 도박장을 운영하던 황 사장은 구로를 기점으로 서울로 영업을 확장하려는 계획을 갖고 있었다. 앞으로 잘 봐달라며 황 사장은 부조금 봉투를 건넸다. 100만 원권 수표가 다섯 장 들어 있었다.

종식은 황 사장의 얼굴을 뜯어보았다. 놈의 진의를 파악하고 싶었다. 정말로 나와 손을 잡고 장사를 해보겠다는 건가. 아니면, 나를 쓰러뜨리려고 누군가 판 함정인가. 놈의 말이 참된 것인지, 헛된 것인지 분간하고 싶었다.

놈의 새까만 동공엔 탐욕이 가득 했다. 겁도 없이 형사의 장례식장까지 찾아와 로비를 벌일 정도라면 놈의 탐욕은 감탄할 만큼 순수했다. 얄팍한 손익계산이나 값싼 의리에 기댄 거래라면 거절했겠지만, 순수한 탐욕이기에 믿을 수 있다고 생각했다. 종식은 그날부터 놈과 거래를 텄다.

황 사장은 종식의 비호 덕분에 사업 확장에 성공할 수 있었다. 경찰의 불시검문에 숱한 도박장이 문을 닫아도 황 사장의 사업장만은 안전했다. 곰팡이가 피어나듯 황 사장의 도박장은 한국 사회의 어둡고 축축한 음지를 찾아 포자를 뿌리고, 몸체를 키워

나갔다.

황 사장은 종식이 필요할 때마다 돈 가방을 들고 찾아왔다. 종식은 그를 뿌리칠 수 없었다. 종식은 늘 돈이 필요한 사람이었다. 황 사장은 종식의 그 위태로움을 반겼다.

어느 날, 황 사장은 종식과 술자리에서 이런 얘기를 꺼냈다.

"제가 사람 하나를 죽이려고 하는데… 뒤탈 안 나게 처리 좀 해주십시오."

종식은 콧방귀를 뀌었다. 가당치도 않는 소리였다.

"오문수라고, 클럽 하나 굴리는 놈입니다."

폼을 보니 농으로 하는 소리가 아니었다.

"청부살인에 이골이 난 놈을 데려다 쓸 겁니다. 한 형사님한테 폐가 가진 않을 겁니다."

"내가 니 봉으로 보이냐? 어디서 개발을 내밀어!"

"제 돈을 떼어먹고 다섯 달을 긴 놈입니다. 그놈 영업장 팔아봤자, 그 돈 회수도 어렵고…. 생각 끝에 본보기로 처리하기로 했습니다. 요즘 수금이 어렵습니다. 막말로 그 돈이 어디 제 돈입니까? 한 형사님 돈이지."

"흥, 집어치워!"

종식은 자리에서 일어났다.

"술 잘 먹었수다."

황 사장의 수하들이 종식의 앞길을 가로막았다.

"비켜! 안 비켜?"

종식이 양주병을 거꾸로 들었다. 놈들 머리를 박살낼 기세였다.

황 사장이 종식 등 뒤에서 말했다.

"딸애 상태가 많이 안 좋다면서요?"

종식이 멈칫했다.

"제가 민지 주치의한테 문의를 해봤습니다. 조만간 수술을 해야 된다던데."

"…."

"형사 월급으로 어디 그 돈 감당하실 수 있겠습니까?"

정적이 흘렀다. 황 사장은 종식이 어떻게 나오나 지켜보았다. 그는 돌처럼 굳어 있었다. 종식의 앞을 가로막았던 수하들이 길을 터주었다. 출입문이 보였다. 문고리도 보였다. 하지만 종식은 앉았던 자리로 되돌아왔다. 황 사장이 웃으며 종식의 술잔에 술을 따랐다.

"자, 우리의 앞날을 위하여!"

놈은 건배를 원했으나, 종식은 단숨에 술잔을 비워버렸다. 술맛이 썼다.

당신에게

당신에게

벌써 계절이 한 바퀴 돌아 겨울이 찾아왔습니다. 올해는 유난히 눈이 많이 내렸습니다. 집 앞에도 눈이 많이 쌓여 아이들이 눈싸움을 하고 노는 걸 자주 볼 수 있었습니다. 들어보니, 감옥에 갇혀 있는 사람들의 소원이 머리 정수리에 눈, 비를 맞는 것이라고 하던데, 당신은 올해 눈을 맞았나요?

날이 추워서 당신 생각을 많이 했습니다. 감방이 춥지는 않은지, 행여 감기에 걸린 건 아닌지 걱정입니다. 저는 잘 지냅니다. 예슬이도 건강합니다. 얼마 전에 예슬이가 길고양이 한 마리를 집에 데리고 왔습니다. 어미를 잃고 길거리를 헤매는 게 가여워서 데려왔다고 합니다. 지금 예슬이는 그 고양이를 끌어안고 잠이 들었습니다. 당신을 닮아 심성이 착한 아이입니다. 예슬이가 고양이 이름을 '크리스마스'라고 지었습니다.

예슬이는 크리스마스에 당신이 돌아올 것이라고 믿고 있습니다. 아빠는 집에 언제 오냐고 물을 때마다 크리스마스에 오실 것이라고 제가 말해주었기 때문입니다. 예슬이는 당신을 애타게 기다리고 있습니다. 당신이 옥에 갇힌 이후로 벌써 크리스마스가 두 번 지나갔습니다. 당신은 언제 돌아올 수 있나요? 크리스마스가 열 번 지나가면 올 수 있나요? 스무 번 지나면 올 수 있나요?

당신이 곁에 없다는 게 아직도 실감이 나지 않습니다. 밥을 지을 때, 저도 모르게 당신 몫까지 쌀을 씻고 있는 걸 보며 운 적이 한두 번이 아닙니다. 당신은 이제 감옥 생활이 몸에 익었다고 하지만, 나는 당신 없는 삶이 아직도 어색합니다.

지난번에 당신이 보낸 편지, 잘 읽었습니다. '기복'이란 사람을 만났다고 하셨지요. 저도 그 사람을 보았습니다. 얼굴에 깊은 상처가 있는 사람 아닌가요? 당신이 그날 옥상에서 경찰들과 대치하고 있을 때, 그 사람은 수갑을 차고 경찰차에 갇혀 있었습니다. 그 사람이 옥상 위의 당신을 쳐다보던 광경이 기억납니다. 우리나라에 교도소가 한두 개 있는 것도 아닌데, 그 사람과 같은 교도소로 이송되었다니, 당신은 그 사람과 인연이 있나 봅니다.

기복 씨는 가석방 심사를 받는 중이라고 하셨지요. 그 사람은 당신보다 죄질이 가벼운 사람인가요? 사람들과 잘 어울리지 못하는 당신이 친구라고 말하는 걸 보면, 필시 그 사람은 좋은 사람이겠지요.

제 욕심입니다만, 저는 기복 씨가 당신 곁에 오래 있었으면 합니다. 요즘 들어 당신의 편지에 기복 씨 얘기가 많은데, 그가 없어지면 당신이 얼마나 허전할지 짐작이 가기 때문입니다. 아닙니다. 부질없는 제 욕심입니다. 제 욕심입니다.

2005년 12월 9일

당신의 아내, 지영

당신에게

당신도 아시다시피, 저는 어렸을 때 부모님을 모두 잃었습니다. 저는 이모와 고모 집을 전전하며 살았지요. 그분들은 제게 잘해주셨지만, 저는 언제 쫓겨날지 모른다는 불안함에 늘 괴로웠습니다. 친척과 가족은 서로 다른 궤도를 돌고 있는 행성임을 저는 너무나 일찍 깨달은 것입니다.

저는 죽은 부모를 그리워했고, 또한 원망도 했습니다. 어찌하여 나를 혼자 두고 저 멀리 가버리셨는지, 너무나 야속했습니다. 그래서 울기도 많이 울었습니다.

빨랫줄에 빨래를 널다가 울고, 설거지를 하다가 울고, 하다못해 화단의 잡초를 뽑다가도 울었습니다. 세상에 혼자 남겨진 슬픔은 그리도 흔하고, 하찮은 것인가 봅니다.

때문에 당신을 만났을 때 저는 뛸 듯이 기뻤습니다. 당신의 사람됨을 저보다 제 가슴이 먼저 알았는지, 당신을 처음 본 순간 제 가슴은 쿵쾅쿵쾅 요동을 쳤습니다. 저 사람이다, 저 사람을 놓치면 안 된다, 나 자신에게 얼마나 다짐을 했는지 모릅니다. 당신은 제가 당신을 얼마나 사랑했는지, 당신 때문에 얼마나 가슴 설렜는지 모르실 겁니다.

저는 빨리 당신과 가정을 꾸리고 싶었습니다. 하루라도 빨리 가정의 울타리 안에 묶이고 싶었습니다. 이 세상에 나 혼자 버려진 게 아니라고 믿고 싶었습니다. 그리고 나의 믿음은 헛되지 않았습니다. 당신과 함께한 날들은 행복했습니다. 지금껏 제가 누리지 못한 행복을 한꺼번에 보상받고도 남을 정도였습니다.

우리의 단칸방은 낡고 허름해서 비가 오면 지붕이 새어 바가지를 받쳐놓았고, 겨울이면 바람이 쳐들어와 창문마다 비닐을 달아야 했지만 당신이 있기에 세상 누구도 부럽지 않았습니다.

하지만 바보같이 저는 그 행복한 순간에도 불행을 염려했습니다. 당신이 입혀준 그 행복이 내게는 어울리지 않아 보였습니다. 과분해 보였습니다. 다음 날 눈을 뜨고 일어나면 당신과 예슬이가 신기루처럼 사라질 것 같았습니다. 이러지 말아야지, 몇 번을 다짐해도 저의 막연한 불안함은 씻어낼 수 없었습니다. 부정하면 부정할수록 불안은 확실해져갔고, 그 확실함을 의심할 수 없었습니다.

예슬이 아빠. 어쩌면 당신이 겪고 있는 고초는 제 탓일지도 모릅니다. 저를 평생토록 따라다닌 불행의 씨앗이, 막연한 불안이 당신에게 옮은 것입니다. 죄송합니다. 당신에게 미안한 마음뿐입니다. 저와 예슬이를 남겨두고 떠나버린 당신이 원망스럽다가도, 저 때문에 당신이 감옥에 갇혀 있다고 생각하면 그 원망을 거두게 됩니다.

아, 원래는 이런 얘기를 쓰려고 한 게 아닌데, 쓰다 보니 횡설수설하게 되었습니다.

제가 힘들어도 당신보다 힘들까요? 제가 괴로워도 당신보다 괴로울까요? 이럴 때일수록 당신에게 힘이 되어야 하는데, 그러질 못하고 있습니다. 그러나 저의 이런 속마음을 이 세상 누구에게 털어놓을 수 있겠습니까. 부족한 저를 이해해주세요.

당신이 보고 싶습니다. 예슬이 아빠, 당신이 보고 싶습니다.

2006년 1월 23일
당신의 아내, 지영

당신에게

답장이 늦어서 미안합니다. 그사이 사정이 있어서 당신에게 바로 답장을 쓰지 못했습니다. 우리는 어제 이사를 했습니다. 당신과 함께 살던 집을 떠난 후로 벌써 세 번째 이사였습니다. 원래 계약은 내년 3월까지였습니다. 그러나 집주인이 갑작스럽게 방을 빼달라고 하는 바람에 어쩔 수 없이 이사를 해야 했습니다. 집주인이 당신 얘기를 어디서 들은 모양이었습니다. 집주인은 예슬이를 등교시키느라 한창 바쁠 때 찾아왔습니다. 마침 그날은 밀린 월세를 내려던 날이라 집주인의 방문이 급작스러웠습니다.

집주인은 저를 보고 다짜고짜 미안하다고 하더군요. 그러면서 두툼한 봉투를 떠넘기듯 건네주었습니다. 집 보증금에다 조금 더 넣었다고, 나는 그러지 말자고 했는데, 바깥양반이 하도 보채는 바람에 어쩔 수 없었다고, 집주인은 말끝을 흐렸습니다. 집주인은 집값이 떨어진다고, 사실 틀린 말도 아니지 않느냐고 저에게 미안함을 표시했습니다.

너무 당황스러웠습니다. 갑자기 다른 집을 구할 수 없었습니다. 돈이 없었으니까요. 사실 저는 지난달 다니던 직장에서 쫓겨났습니다. 그곳에서도 당신 얘기가 돌았던 모양입니다.

저는 막막했습니다. 집주인이 건네준 보증금을 들고 어찌할 바를 모르고 있는데, 예슬이가 학교 간다고 집을 나섰습니다. 저는 예슬이를 붙들었습니다. 애가 책가방이 없는 겁니다.

책가방은 어찌하고 맨몸으로 학교에 가냐고 물었습니다. 예슬이는 가방을 잃어버렸다고 했습니다. 속상했습니다. 가뜩이나 심란한데, 애까지 속을 썩이나 싶어서 예슬이를 심하게 다그쳤습니다. 저는 말하라고 소리를 질렀습니다. 어디서 가방을 잃어버렸다고 거푸 물었습니다. 예슬이는 대답을 못 하고 울먹거렸습니다.

저는 짜증을 냈습니다. 네, 그 죄 없는 어린애한테 짜증을 냈습니다.

정말 말 안 할래? 힘들어서 엄마는 죽고 싶은데, 너까지 왜 이러냐고, 애를 쥐고 흔들었습니다. 저는 기어이 예슬이를 울리고 말았습니다. 저는 우는 애를 학교로 보냈습니다. 가방 찾아오라고, 못 찾으면 집에 들어오지 말라고 윽박질렀습니다.

그러다 보았습니다. 분리수거장에 쓰레기를 버리러 나갔다가, 쓰레기통 안에 버려져 있는 예슬이의 책가방을요. 그걸 보고 왜 예슬이가 책가방의 행방을 말하지 않고, 입을 다물었는지 알게 되었습니다. 책가방에 깨알 같은 주홍글씨가 적혀 있었습니다.

'예슬이 아빠는 연쇄살인마.'

'나도 죽일래?'

'너도 네 아빠처럼 사람 죽일 거지?'

저는 그 아이들의 낙서에서 악의 없는 악의를 보았습니다. 그런 아이들의 악다구니 속에서 매일매일 시달려야 했던 내 딸이 너무나 가엾고 안쓰러워서 저는 책가방을 붙들고 소리 내어 울고 말았습니다.

예슬이는 당신을 사랑합니다. 그래서 말해주었습니다. 아버지는 돌아오지 않는다고, 그런 날은 절대 오지 않을 거라고, 너희 아버지는 10년이 지나도 돌아오지 않을 거라고 말해주었습니다.

제가 너무했습니까?

당신은 알아야 합니다. 저는 당신을 증오합니다. 이제 더 이상 당신 때문에 쫓기듯이 이사 다니지 않을 겁니다. 당신 때문에 직장도 잡히지 않고, 은행에서 대출 받기도 어렵습니다. 예슬이는 어딜 가나 살인자의 딸로 낙인 찍혀 아이들의 놀림을 받습니다. 그 어린아이가 무슨 죄가 있어 당신의 죗값을 치른단 말입니까.

당신이 사람을 죽였건, 죽이지 않았건, 이제 더 이상 제게 중요하지 않습니다. 세상은 당신의 결백을 알아주지 않습니다. 솔직히 이젠 저도 당신을 믿기 힘듭니다. 당신이 정말로 죄를 짓지 않았다면 왜 감옥에 갇혀 있고, 왜 우리에게 이런 고통을 안겨주는 겁니까.

당신은 감옥에서 삼시 세끼 밥이 다 나오지요. 저는 당장 내일 예슬이한테 뭘 먹여야 하나, 끼니 걱정을 합니다.

아, 이젠 당신이 버겁습니다. 당신을 참을 수 없습니다. 그래서 당신이 찾을 수 없는 곳으로 이사를 왔습니다. 당신에게 보내는 편지도 이것이 마지막입니다. 답장을 써봐야 우리가 예전에 살던 곳으로 갈 것입니다.

부탁입니다. 예슬이를 위해서라도, 우리를 잊어주세요. 당신이 죽었다고 생각하고, 예슬이 데리고 이 악물고 살아가겠습니다. 당신도 건강하세요. 이만 줄입니다.

2006년 5월 4일

지영

장기이식

밤늦게 퇴근하는 직장여성들을 강간 살해한 사건 용의자가 영등포 주택가 일대에 살고 있다는 정보를 입수하고, 놈을 체포하기 위해 경찰서 강력반 형사들이 잠복근무를 서고 있었다. 컵라면을 먹고 있던 김 형사가 휴대전화 벨소리를 듣곤 자고 있는 종식을 흔들어 깨웠다. 종식은 잠에 취한 얼굴로 전화를 받았다. 그는 어젯밤을 꼬박 새웠다.

"여보세요."

민지의 주치의가 다급한 목소리로 떠들었다.

종식의 얼굴이 하얗게 질려갔다. 동료 형사들이 걱정스런 얼굴로 그를 쳐다보았다. 김 형사가 물었다.

"왜 그래? 무슨 일 있어?"

"형, 나 먼저 간다."

"잠복 중인데 어딜 가?"

종식은 대꾸도 없이 승합차에서 뛰어나갔다. 장맛비가 쏟아지
고 있었다. 종식은 빗속을 달렸다.

"야, 우산 가지고 가!"

김 형사가 소리를 질렀지만, 이미 종식은 사라진 뒤였다. 종식
은 정신 나간 사람처럼 미친 듯이 달렸다.

종식이 병원에 도착했을 때 이미 수술실에 불이 들어와 있었
다. 이번이 벌써 세 번째 수술이었다. 의사들이 메스로 사정없이
열어젖혔을 민지의 작고 연약한 가슴이 눈앞에 환영으로 아른거
렸다. 종식은 자리에 가만히 앉아 있지 못하고 안절부절못했다.

상황이 너무 위급한지라, 수술을 먼저 시작했다며 수간호사가
수술동의서를 가져왔다. 종식은 보호자란에 서명을 휘갈겼다.
어떻게든 수술 결과에 책임을 지지 않으려는 병원의 악착같음과
치밀함에 이가 갈렸다. 그걸 알면서도 무기력하게 서명을 할 수
밖에 없는 자신에게도 신물이 났다. 언제까지 이 끝나지 않은 싸
움을 계속해야 하는 것인가. 종식은 빗물이 흘러내리는 창밖을
내다보았다. 장마가 쏟아지는 세상은 고요했고 침울했다.

그때였다. 어디선가 소란스런 소리가 들렸다. 젊은 여자가 환
자 보호자에게 떠밀려 병실 밖으로 쫓겨나고 있었다.

"제 말 좀 들어보세요. 그런 의미가 아니었어요!"

여자는 다시 한 번 병실에 들어가려고 안간힘을 썼지만, 분을 참지 못한 보호자가 급기야 여자의 뺨을 올려붙였다. 여자는 깜짝 놀란 듯 그 자리에 얼어붙었다.

보호자가 욕지거리를 내뱉었다.

"다신 우리 앞에 나타나지 마! 원, 재수가 없으려니."

보호자는 쾅, 소리 나게 병실 문을 닫았다. 여자는 복도에 남겨졌다. 종식은 여자와 눈을 마주쳤다. 인상이 흐릿한 여자였다. 가냘픈 체구에 긴 생머리를 질끈 묶은 여자는 마치 교생 실습을 나온 여대생을 연상시켰다. 여자는 뺨 맞는 모습을 다른 사람한테 보인 게 겸연쩍은 듯 종식의 시선을 피했다. 도망치듯 사라지는 여자한테서 또각또각 발소리가 났다.

다섯 시간이면 끝난다는 수술은 열 시간을 훌쩍 넘기고서야 끝이 났다. 수술실 자동문이 열리고, 간호사와 인턴들이 카트를 끌고 나왔다. 종식은 민지를 보려고 카트에 달려들었다. 인턴들이 그를 가로막았다. 민지에게 흰 천에 덮여 있는 것을 보자 가슴이 쿵 내려앉았다.

"민지야!"

"이러시면 안 됩니다!"

"놔! 이 손 못 놔!"

그때였다.

"민지 아버님!"

민지의 주치의가 종식을 불렀다. 멈칫한 종식이 뒤로 돌아섰다. 민지를 태운 카트가 수술실에서 나오고 있었다. 종식은 자기가 붙들고 있던 카트를 내려다보았다. 민지와 비슷한 체구의 아이였지만, 민지는 아니었다.

"비켜주십시오."

인턴들이 멍하니 서 있는 종식을 밀어내고 카트를 몰았다. 죽은 아이가 손에 쥐고 있던 스노볼이 바닥에 굴러 떨어졌지만, 아무도 주워주는 사람이 없었다. 투명한 유리구 안에 작은 마을이 담겨 있고, 눈싸움을 하는 세 식구도 보였다. 종식은 멀어져가는 죽은 아이를 바라보았다. 흰 천 밑으로 삐져나온 여자아이의 발바닥이 창백했다.

종식은 민지의 손을 잡았다. 하지만 마취에 취한 민지의 손은 힘없이 축 늘어졌다.

"수술은 잘된 겁니까?"

주치의는 장시간의 수술로 가슴과 겨드랑이가 땀에 흠뻑 젖어 있었다. 그는 피곤에 절은 얼굴로 말했다.

"다행히 수술은 잘됐습니다. 미리 연락을 드렸어야 하는데, 일이 너무 갑작스럽게 터졌어요. 심기능이 너무 떨어져서 심장

내 혈전이 생겼습니다. 심한 발작과 마비 증상이 동시에 진행됐어요. 수술을 할 수밖에 없었습니다. 당분간 항부정맥 약제를 투여하고, 경과를 지켜봐야 할 것 같습니다."

종식은 굳은 얼굴로 민지를 내려다보았다. 민지는 잠든 것처럼 눈을 감고 있었다.

수술 경과를 지켜보기 위해 사흘간 민지를 중환자실에 두기로 했다. 간호사들이 수시로 민지를 들여다보았다. 링거에서 투약되는 양을 측정하고, 손목에 연결한 주사기 구멍에 항생제를 놓았다. 심전도 계기판 램프 눈금이 맥박처럼 규칙적으로 뛰었다. 종식은 민지 곁에 앉아 고사리처럼 굽은 딸애의 손을 잡았다.

"민지 아버님이시죠?"

여자 목소리가 들렸다. 종식이 돌아보니, 아까 낮에 뺨을 얻어맞던 여자가 서 있었다. 종식도 그랬지만, 여자 역시 종식을 보고 놀란 얼굴이었다.

하지만 여자는 이내 표정을 다잡았다. 애써 침착해지려고 노력하는 게 눈에 보였다.

"장기이식 코디네이터 김미경이라고 합니다. 오늘부터 민지를 담당하게 됐습니다."

"예에?"

"저는 그러니까…."

"잠깐만, 장기이식이라뇨? 그게 무슨 소리입니까?"

"아… 선생님께선 아직 말씀을 못 들으셨나 보네요. 민지의 장기를…."

종식은 다짜고짜 미경을 병실 밖으로 끌어냈다.

"당신 뭐야? 응? 뭐하는 여자야!"

"민지 상황이 점점 나빠지고 있습니다. 약물로 치료할 수 있는 상태는 이미…."

흥분한 종식이 미경의 말을 끊고 물었다.

"그래서? 장기라도 떼다 팔라는 거야? 뭐야? 엉!"

종식이 악을 질렀다. 복도에 그의 목소리가 쩌렁쩌렁 울렸다. 간호사며 환자들이며 길 가던 사람들이 발을 멈추고 종식을 쳐다보았다.

"당신! 내 딸 봤어? 병아리 새가슴 같은 애한테 의사들이 난도질 해놓은 걸 봤냐고! 작년에도 그랬어. 이번 수술이 마지막이라고!"

"…."

"그래, 니들 하고 싶은 대로, 찢고 싶을 때 찢고, 열고 싶을 때 열어 마구 휘젓고 절단내놓고서 이제 와서 가망이 없다고?"

"그래서 민지는 심장이식을 받아야 합니다!"

미경도 언성을 높였다. 종식은 망치로 뒤통수를 얻어맞은 것처럼 할 말을 잃었다.

"갑작스런 얘기에 많이 놀라셨을 줄 압니다. 민지 아버님, 저는 장기 브로커, 그런 사람이 아닙니다. 저는 민지 장기를 떼러 온 사람이 아니에요. 민지한테 심장을 구해주러 왔어요."

"…."

"민지 아버님이 말씀하신 대로 수술로는 민지를 고칠 수 없어요. 심장이식을 해야 합니다."

종식은 그 말에 실소했다.

"그래서… 죽은 사람 심장을 넣는다고? 저애 가슴을 갈라서?"

"죽은 심장이라고 말하지 마세요."

"…."

"민지를 살릴 새 심장이에요. 건강한 심장이라고요."

미경은 종식에게 끌려나오느라 흐트러진 옷매무새를 바로잡았다. 그러곤 종식 앞에 다시 섰다.

"민지의 새 심장을 빨리 찾을 수 있도록 열심히 노력하겠습니다. 아버님도 도와주세요."

미경이 악수를 청했다. 종식이 마지못해 손을 잡았다.

"그럼, 오늘은 이렇게 인사 드렸으니까 다음에 또 뵙겠습니다."

"잠깐만요."

종식이 돌아서는 미경을 붙들어 세웠다.

미경이 돌아보았다. 종식이 멋쩍은 듯 말했다.

"시간 괜찮으시면… 커피 한 잔 어떠세요? 이대로 가시면 제가 너무 죄송해서…."

　종식은 커피를 뽑아 미경에게 건네주었다. 미경이 두 손으로 잔을 받았다. 그녀는 병원 휴게실 창문 너머로 보이는 도심 야경을 바라보았다. 아직도 추적추적 장맛비가 내리고 있었다. 종식이 물었다.

　"얼굴은 괜찮아요?"

　"예에?"

　"아까 낮에…."

　미경은 부끄러운 듯 얼굴을 붉혔다.

　"힘든 일을 하시네요."

　종식의 말에 미경은 엷게 미소를 지었다.

　"아픈 애들이 이식하고 나서 건강하게 뛰어다니는 걸 보고 싶어요. 그걸 생각하면… 절대 힘든 일 아닙니다. 자꾸만 내일이 기대돼요."

　"네."

　대답하는 종식의 표정이 밝지 않았다. 종식은 미경의 그 밝고 당당함이 무례하다고 여겨졌다. 현실을 직시하고, 미래의 희망을 찾아내는 건, 언제나 사건 밖에 있는 사람들의 몫이었다. 사건의 중심에 있는 사람들은 그런 얘기를 쉽사리 하지 못한다.

　종식이 말했다.

“그럼 이 짓도 끝을 낼 수 있는 겁니까?”

미경은 종식의 얘기를 이해하지 못하고 그저 눈을 깜빡거렸다.

“심장이식을 하면 이제 수술 같은 건 안 해도 되냐, 이 말입니다.”

“그럼요. 민지도 뛰어다닐 날이 올 겁니다. 희망을 버리지 마세요.”

희망. 종식은 씁쓸하게 웃었다. 종식에겐 너무 낯설어진 낱말이었다.

민지는 사흘 밤낮을 앓았다. 고열 때문에 식은땀을 흘리고 몸을 뒤틀며 경련을 일으켰다. 손바닥만 한 가슴을 세 번이나 가르고 꿰매고를 되풀이 했으니, 어린애가 감당해야 할 아픔이 얼마나 클지 가늠이 되지 않기에 곁에서 지켜보는 종식은 한없이 무기력하고 애달팠다. 종식이 할 수 있는 것이라곤 물수건으로 이마를 닦아주고, 입에 온도계를 물려 한 시간 간격으로 체온을 재는 것뿐이었다. 민지는 해가 떨어지면 더 고통스러워했다.

테이프와 붕대로 친친 감아놓은 가슴이 금방이라도 터질 것처럼 솟아오르고 가라앉길 되풀이했다. 민지는 아플 때마다 낮게 흐느꼈다. 들릴 듯 말 듯한 울음소리는 종식의 가슴을 서늘하게 했다.

종식은 민지의 다리를 주물렀다.

"민지야, 아프니? 아빠 여기 있어."

민지가 아파하는 밤은 깊고도 길었다. 치다꺼리에 지친 종식이 깜빡 졸았다 하면, 민지의 온도계가 38도 39도로 치달았다. 그럴 때는 종식은 다급히 의사를 불렀다. 민지의 링거 주사구멍에 해열제와 안정제를 투약했다. 종식은 좀더 놔주길 바랐으나, 그 이상 투약하면 민지가 혼수상태에 빠질 수 있어 더 이상은 위험하다고 했다. 언젠가 장인이 했던 말처럼 찢어진 상처를 아물게 하고 열을 내리게 하는 건 오롯이 민지의 몫이었다.

다음 날 아침이었다. 새벽녘에 잠깐 선잠이 들었던 종식은 새소리에 눈을 떴다. 병원 옆에 시민공원이 있었는데, 아침마다 새들이 모이는 모양이었다. 민지에게 온도계를 물리려던 종식은 문득 민지가 깨어난 걸 알았다. 언제 깼는지 민지는 종식을 바라보고 있었다.

"민지야."

"…."

"민지야, 아빠야. 이제 정신이 들어? 아빠라고."

민지는 멍한 얼굴로 종식을 쳐다보았다. 간담이 서늘했다. 민지의 얼굴에 애 엄마가 있었다. 애 엄마는 이런 표정을 짓고 종식을 쏘아봤었다. 종식은 겁에 질려 의사를 불렀다.

의사가 민지의 동공을 살피는 동안에도 민지의 표정은 변하지 않았다. 민지는 자기 앞에 아무도 없는 것처럼, 마치 수평선을 바라보는 선장처럼 아득히 먼 곳을 바라보고 있었다. 민지의 눈동자에 초점이 없었다.

"어떻게 된 겁니까? 애가 앞을 못 보는 거 아닙니까?"

의사가 민지의 눈앞에서 손가락을 튕겼다.

"민지야, 이 소리 들려? 내 목소리 들리니? 들리면 끄덕여봐."

민지는 바위처럼 꿈쩍도 하지 않았다. 그저 창밖을 멍하니 바라볼 뿐이었다. 하지만 민지의 시력에는 이상이 없었다.

종식이 의사에게 매달렸다.

"도대체 왜 이런 겁니까?"

의사도 답답한지 한숨을 내쉬었다.

"검사를 해봐야 알 것 같습니다. 육안으로 봐선 어디가 이상하다 말씀드릴 수 없습니다."

"수술이 잘못 돼서 그런 건 아닙니까?"

"외과적인 수술은 성공적이었습니다. 놓친 신경도 없이 잘 연결되었고, 심장 박동수도 지금으로 봐선 정상입니다. 어쩌면 수술 후 일시적인 쇼크 증상일 수도 있습니다. 아무튼 지금은 섣불리 판단하긴 이릅니다. 너무 흥분하지 마시고, 검사 먼저 해봅시다."

간호사들이 카트를 끌고 와서 민지를 데려갔다. 민지는 병실을 나가는 순간까지 멍하니 허공을 바라보고 있었다. 민지가 다시 병실에 돌아올 수 있을까. 종식은 막연한 불안감에 휩싸였다. 아니다. 믿어야 했다. 믿고 싶었다. 민지한테는 아무 이상도 없다.

종식은 금방이라도 민지가 돌아올 것처럼 침대를 정리했다. 딸애의 이마를 닦았던 물티슈와 머리카락을 주워 쓰레기통에 버렸다. 창문을 열어 베개를 털고, 민지가 땀 흘리고 누워서 움푹하게 파인 자리를 두들겨 폈다.

검사는 정오가 지나도록 끝나지 않았다. 종식은 검사실 앞에 쭈그리고 앉아 천장을 바라보았다. 시간의 흐름이 아득하게 느껴졌다.

"아저씨!"

환자복을 입은 꼬마가 그새 졸고 있던 종식을 흔들어 깨웠다.

"이거 아저씨 거 아니에요?"

꼬마가 스노볼을 들고 있었다. 종식은 그것이 어쩐지 눈에 익었다.

"아니, 그거 아저씨 거 아닌데."

"전에 봤어요. 아저씨 발에 떨어진 걸 수술실 복도에서 봤단 말예요."

"얘, 그건 아저씨 게 아니라, 그때 죽은⋯."

종식은 아차, 싶어 말을 삼켰다. 차마 그것이 죽은 아이의 물건이라고 말하지 못했다. 종식은 꼬마의 가르마가 왼쪽으로 밀려나 있는 걸 보았다. 녀석은 가발을 쓰고 있었다. 소아과에선 항암치료 때문에 머리가 빠진 민머리 아이들을 흔히 볼 수 있었다. 그런 아이들은 모자나 가발을 쓰고 다녔다. 종식은 꼬마에게 죽음을 언급하고 싶지 않았다. 그래서 그냥 대충 얼버무리고 말았다.

"그래, 아저씨가 잃어버려서 한참 찾았는데 찾아줘서 고맙다."

꼬마는 기분이 좋아졌는지 활짝 웃었다. 꼬마가 물었다.

"아저씨, '천만에요'가 영어로 뭐예요?"

"왜?"

"아저씨가 나한테 생큐라고 말하면, 나도 영어로 말하게요."

꼬마를 그윽이 바라보던 종식의 눈에 눈물이 맺혔다. 종식은 꼬마를 안았다. 가냘픈 아이의 몸에서 병원 냄새가 났다. 병실에서, 수술실에서, 검사실에서 나는 냄새였다. 그 냄새가 너무 가여웠다.

마지막 면회

교도소 재소자들이 작업장에서 수제 목각인형을 만들고 있었다. 상만도 그들과 함께 작업에 한창이었다. 점선이 그어져 있는 나무토막을 선에 맞춰 전기톱으로 잘라내고, 사포로 각진 모서리를 부드럽게 다듬었다. 그렇게 형태가 잡힌 나무 인형은 관절마다 고무줄을 끼우고, 색을 입혔다. 상만은 칠이 마른 인형에 니스를 덧바르고, 눈알을 달았다.

나무 인형은 대부분 대만과 일본에 헐값으로 팔리고, 남은 것은 보육원에 보내진다. 상만은 완성된 인형을 만지작거렸다. 주변을 훑었다. 교도관 셋이 훈육봉을 들고 작업실 안을 순찰하고 있었다. 상만은 인형을 종이 박스에 담지 않고, 슬그머니 죄수복 주머니에 넣으려다 교도관 하나와 눈이 마주쳤다. 교도관이 상만에게 다가왔다.

그 순간이었다. '와장창' 하고 벽에 걸려 있던 작업장 공구대가 내려앉았다. 기복의 짓이었다. 톱날, 연필, 물감, 붓들이 사방에 흩어지고, 놀란 재소자들이 자리에서 일어났다.

"조용, 조용!"

"다들 자리에 앉아!"

상만에게 다가서던 교도관이 발길을 돌려 웅성거리는 재소자들을 자리에 앉혔다. 그 틈을 타고 기복이 상만에게 다가왔다. 기복은 잽싸게 나무 인형을 챙겨 상만의 호주머니에 넣어주었다. 기복이 물었다.

"형, 이거 예슬이 주려고 그러지?"

상만은 대답 없이 미소를 지었다.

"형수한테 연락 왔구나. 그렇지?"

"…."

"왜 말이 없어? 아냐?"

상만은 여전히 말이 없었다.

"뭐야? 그때 이후로 연락 온 거 없어? 편지 안 와?"

"…."

"난 또 형이 인형 숨기기에 곧 오시나 했지. 그나저나 형수님, 진짜 너무하네."

상만은 무덤덤한 얼굴로 하던 일을 계속했다. 그러다 문득 생각이 나서 물었다.

"너 오늘 가석방 심사라고 안 했냐? 어떻게 됐어?"

기복은 김이 샌 듯 어깨를 축 늘어뜨렸다. 상만은 풀이 죽어 있는 기복을 보곤 일을 멈추었다. 괜히 물어봤다 싶었다. 무슨 말을 해야 할지 몰라 머뭇거리고 있는데 기복이 활짝 웃으며 말했다.

"열흘 있으면 나가."

덩달아 녀석 뺨의 흉터도 움찔거렸다.

잿빛 먹구름이 하늘에 낮게 떠 있었다.

상만과 기복은 교도소 운동장 으슥한 곳에 나란히 쪼그려 앉았다. 간만의 휴식 시간이었다. 다른 재소자들은 바닥에 금을 그어놓고 족구를 하고 있었다. 상만은 그들을 아득히 바라보았다. 풀 한 포기 생명조차 허락하지 않고 모조리 뽑아버리는 교도소의 하얀 운동장이 그렇게 삭막할 수 없었다.

기복은 바지 옷단에 숨겨둔 담배를 꺼냈다. 그러곤 언제 숨겨두었는지 돌멩이 사이에 짱 박아둔 라이터도 꺼냈다. 기복은 담뱃불을 붙여 상만에게 건넸다. 상만은 조용히 담배를 물었다. 기복이 고래고래 소리를 지르며 공을 걷어차는 민머리 재소자를 가리켰다.

"저 놈 보여? 민머리?"

상만은 고개를 끄덕였다.

"지 딸내미 강간한 놈이야. 몇 년 받았게?"

"…."

"4년."

"4년?"

"그래, 4년. 12년 내내 딸내미 강간해도 월드컵 한 번만 건너 뛰면 된다 이거지."

상만은 말없이 담배를 빨았다.

"판사님들, 강간범만 보면 없던 동정심이 불쑥불쑥 처오르나 보지?"

"기복아, 나가서 뭘 하든 하루 세끼는 꼭 챙겨먹어라. 전셋집 부터 장만하고."

"그래야지. 그 전에 할 일이 있잖아."

상만은 문득 기복을 바라보았다. 무슨 말인지 알아들을 수 없었다.

"그 자식, 병풍 뒤에서 향냄새 맡게 해줄 거야."

"한종식 형사?"

"그래, 한종식 그 놈. 진범이든 아니든 막 갖다 꿰맞추는… 형사질 편하게 하는 놈. 내가 그 놈 따까리만 2년을 했어, 형."

기복의 말에 살기가 흘렀다. 상만은 그 살기가 두려웠다.

"정신 차려. 네가 그놈하고 상대나 될 것 같아?"

기복은 뺨의 흉터를 어루만졌다. 가뭄에 벌어진 논바닥처럼 기복의 흉터는 깊고 깊었다. 기복은 마음이 약해질 때마다 흉터를 만지며 복수의 칼날을 갈아왔다. 기복은 종식을 찔러야 했다. 그러지 않으면, 응어리지고 사무친 원한이 너무 깊은 탓에 그 자신이 찔릴지도 몰랐다. 기복이 이를 갈며 말했다.

"밤마다 내가 뭐라 빌면서 자는 줄 알아? 제발, 나갈 때까지 몸 성히 있어라. 나보다 먼저 담그는 놈 있으면 그 자식 내가 갈아 마셔버린다고."

"그다음엔?"

상만이 물었다.

"뭐?"

"복수한 다음엔 뭐할 거냐고."

"…."

"복수한다고 흉터가 없어지니? 세상이 달라져?"

"속은 풀리겠지."

"너는 나가서 착실하게 살고, 나는 모범수로 감형 받는 게 진짜 복수야."

상만의 말에 기복은 픽하고 실소했다.

"부처 나셨네. 죽을 똥 발악해봤자 10년은 빵에서 썩을 텐데 그때까지 세월이 기다릴 것 같아? 형수가 기다릴 것 같냐고!"

"다시 들어오기 싫으면 내 말 들어."

"웃겨!"

기복은 발끈해서 상만의 멱살을 붙들었다.

"그동안 코빼기도 안 비쳤잖아. 형수라는 여자. 형이랑 연락 끊겠다고 이사까지 간 여자야. 지금껏 없던 정이 갑자기 생길 것 같아? 그렇게 그림이 안 그려져? 지금 딴 놈 만나서 새살림 차린 거 아니면 뭐냐고!"

상만은 가슴 깊은 곳에서 차오르는 분노를 애써 억눌렀다. 기복이 말했다.

"그 꼬라지로 부처 같은 소리나 처바르니까 만날 당하는 거 아니냐고!"

상만과 기복이 싸우는 줄 알고, 멀리서 교도관들이 호루라기를 불며 달려왔다. 기복이 씩씩거리며 상만의 멱살을 풀었다. 분이 덜 풀린 모양이었다. 교도관이 소리를 질렀다.

"1301번!"

교도관들이 상만을 붙들었다.

"1301번, 따라와!"

기복이 상만을 끌고 가는 교도관을 붙들었다.

"싸운 게 아닙니다. 제가 시비를 걸었어요. 이 형님은 잘못 없습니다."

교도관은 성가신 듯 기복을 흘겨보았다.

"1301번, 면회다."

“네? 면회라고요?”

상만이 놀란 얼굴로 교도관을 붙들었다.

“정말 저한테 누가 찾아왔습니까?”

상만은 교도관을 쫓아 면회실로 걸었다. 설레고 날뛰는 마음을 진정시킬 수 없어 다리가 후들거렸다. 교도관이 면회실 문을 열었다. 상만은 고개가 들어지지 않았다. 아내를 보면 어떤 표정을 지어야 할지 엄두가 나지 않았다. 예슬이도 왔을까? 상만은 호주머니 속에 숨긴 나무 인형을 만지작거렸다.

“나상만 씨.”

면회객은 뜻밖에도 변호사였다. 변호사는 상만을 보곤 자리에서 일어났다. 그가 악수를 청해왔다. 상만이 손을 잡았다. 교도소 바깥사람과 손을 잡은 게 언제였는지 기억이 가물가물했다. 변호사가 말했다.

“제가 와서 실망하셨죠?”

“아, 아닙니다.”

“자, 앉으시죠.”

상만은 자리에 앉았다. 변호사는 손에 깍지를 끼고, 상만을 바라보았다.

“모범수로 지정되었더군요.”

상만은 멋쩍게 웃었다.

"10년 후엔 가석방도 가능하다네요."

뜬금없이 변호사가 상만의 손을 붙들었다. 상만은 당혹스러
웠다.

"나상만 씨, 지금부터 제 말 똑똑히 들으세요."

"…"

"이제 나오실 수 있습니다."

상만은 변호사의 말이 믿기지 않았다. 나간다니?

"나상만 씨, 결백이 밝혀졌습니다."

너무 갑작스런 얘기라 상만은 어안이 벙벙했다. 변호사가 말
했다.

"경찰 수사에 허점이 있던 게 발견되었습니다. 다시 재수사에
들어갔어요. 나상만 씨는 이제 나갈 수 있습니다. 결국 우리가
이겼습니다."

현기증이 일었다. 변호사 얘기를 곧이곧대로 믿기엔 상만은
너무 멀리 와 있었다. 그를 살인자로 내몰았던 세상이 이제 와서
결백을 인정해주겠다니 실감이 나지 않았다.

상만은 문득 아내 생각이 나 변호사에게 물었다.

"예슬이 엄마한텐 연락 없었습니까?"

변호사는 입을 다물었다. 그의 표정이 어두웠다.

"변호사님한테도 연락 안 합니까?"

변호사는 대답 대신, 품에서 편지 봉투를 꺼냈다. 그러곤 상만

앞으로 밀어 넣었다.

"이혼 도장 찍으러 오신 거면 얼굴 보고 찍어가라고 하세요."

"읽어보십시오."

상만은 봉투를 열었다. 짤막한 메모가 들어 있었다. 아내의 필체였다.

메모를 읽는 상만의 손이 부들부들 경련을 일으켰다.

최문식 변호사님께

급작스런 연락을 용서하십시오. 마음을 정하고 나니, 연락드릴 사람이 변호사님뿐이었습니다. 저는 예슬이를 데리고 떠나려고 합니다. 집 보증금과 제 통장에 얼마 안 남은 예금으로 저희 장례를 치러주십시오. 염치 불구하고 부탁드립니다.

예슬이 엄마 올림

내사

　내사과 형사들은 처음부터 종식을 강하게 밀어붙였다. 벽에 걸린 형광등이 종식과 그와 마주앉은 내사과 형사 둘을 비추었다. 탁자 하나를 놓고 종식은 그들과 대치중이었다.

　형사 하나가 책상에 담뱃갑을 올렸다.

　"시간 많으니까 천천히 일 봅시다."

　형사가 종식에게 사진 몇 장을 건넸다. 단란주점 내부가 찍혀 있었다.

　"한종식 형사, 여기가 어딘지 아시겠습니까?"

　"모르겠습니다."

　"잘 보세요. 나상만 살인 사건이 터진 장소예요!"

　"…."

“예전에 이곳이 레인보우 클럽이라고, 여자들 나체쇼도 하고, 마술 쇼도 하고 그랬던 데죠. 그런데 말예요. 하필이면 살인 사건하고 맞물려서, 건물주가 부도를 냈습니다. 건물이 은행에 넘어가서 몇 년을 묵었지요. 그런데 얼마 전에 윤상조란 사람한테 건물이 넘어갔습니다. 그런데 무슨 재수가 붙었는지 건물 지하에 또 불이 났어요.”

“그래서요?”

종식은 영문을 모르겠다는 듯 물었다. 다른 형사가 대답했다.

“윤상조는 레인보우 클럽이 있던 자리에 단란주점을 낼 생각이었습니다. 한참 리모델링 공사를 하고 있는데, 가출 청소년들 몇이 춥다고 그 안에 들어가서 건축자재를 태운 모양입니다. 그래서 화재가 발생했습니다.”

내사 형사는 종식의 표정을 살피며 말을 이어갔다.

“워낙 경미한 화재라 바로 진압되긴 했습니다만, 어찌되었건 사건 경위를 밝히기 위해서 구로 경찰서에서 조사를 했죠. 그때까진 형식적인 조사였습니다. 어디서부터 불길이 시작됐는지 조사하던 과정에서 클럽 사장실 벽면을 뜯어냈는데, 거기서 물건이 나왔습니다. 그게 뭔지 아십니까?”

“…”

“CCTV 케이블이었습니다.”

믿을 수 없었다. 당시 사건현장에는 CCTV가 없었다. 만약 있었다면, 미리 제거했을 것이다. 종식은 내사과 놈들이 거짓말을 하고 있다고 생각했다. 있지도 않은 사실로 함정을 파고 용의자가 걸려들기를 바라는 건 경찰들의 전형적인 심문 수법이었다.

"죽은 오문수는 사장실에서 클럽 무용수들이랑 그 짓을 자주 벌였고, 카메라에 담아두는 게 취미였던 것 같습니다. 일반 CCTV와 달리 천장에 달려 있는 게 아니라서 사건 당시엔 발견하기 어려웠겠죠. 아무튼 카메라와 연결했던 케이블이 발견되었고, 현장을 수사하던 형사가 그곳 벽면을 다 뜯어내서 케이블 끝을 찾아냈습니다."

다른 형사가 끼어들었다.

"사슴 눈깔에다가 박아놨더라구."

"사장실 벽면에 박제로 걸어놨던 사슴 머리에서 카메라를 찾았습니다."

형사들은 CCTV가 찍은 영상을 틀었다.

흑백 화면 안에서 상만과 죽은 오문수가 말다툼을 하고 있었다. 종식이 꾸민 조서와 달리 그들의 다툼은 격렬하지 않았다. 상만은 몇 마디 항의를 하다 말고, 오문수가 늘어놓는 장황하고 허황된 얘기에 이내 고개를 끄덕이고 있었다. 상만은 그런 위인이었다.

요구가 좌절된 상만은 지친 얼굴로 사장실을 나갔다. 말을 이리 돌리고, 저리 돌려서 겨우 상만을 설득하는 데 성공한 오문수 역시 지친 얼굴로 자리에 앉았다.

그때였다. 오문수 뒤에서 시커먼 그림자가 일렁거렸다. 살인 용의자였다. 놈은 캡을 썼고, 흰 장갑을 끼고 있었다. 오문수는 놈을 보자 소스라치게 놀랐다. 둘이 안면이 있는 사이 같았다. 살인 용의자는 다짜고짜 달려들어 오문수를 난도질했다. 비명을 지르는 오문수의 입을 틀어막고, 엄청난 악력으로 칼을 찔러댔다. 그 과정에서 소파가 뒤집어지고, 거울이 깨졌다. 살인 용의자는 오문수를 다섯 번이나 찌르고도 확인 사살하기 위해 한 번 더 찌르려고 했으나, 밖에서 인기척을 들었는지 황급히 사건 현장을 빠져나갔다.

그리고 상만이 들어왔다. 상만은 죽어가는 오문수를 보고 당황했다.

"자!"

내사과 형사가 녹화 화면을 껐다.

"뭐, 더 볼 것 있습니까? 보기 좋은 것도 아닌데."

내사과 형사는 종식이 작성했던 조서를 넘겨 읽었다.

"한종식 형사, 수사 과실 인정하죠?"

"조서에 다 나와 있지 않습니까."

"그렇긴 하죠. 당신이 작성했으니까."

"그 당시 물증으론 나상만이 진범이었습니다."

그 말에 내사과 형사가 실소했다.

"그래요? 물증? 칼에서 나상만 지문이 나왔다고? 그런데 그
거 알아요? 그 칼엔 나상만뿐만 아니라, 거기서 일하는 주방 아
줌마, 여종업원 지문도 있었죠. 주방 칼이 원래 다 그렇잖아요?
누구나 만지는…. 그런데 당신은 나상만에게만 집중한 거죠.
왜냐?"

"…."

"당신 머릿속엔 이미 나상만이 범인이었으니까."

"웃기는 소리하지 마쇼."

"어차피 검거실적보고 시한이 코앞이니까 반장이 미친 듯이
쪼아댔겠지. 길거리 나가서 아무 잡범이라도 잡아오라고 달달
볶았을 거야. 그런데 운 좋게 살인 사건이 터진 거지. 완전 대박
이야. 이것만큼 좋은 게 어디 있나? 안 그래요?"

"무슨 소린지 나는 모르겠수다."

종식의 무례함을 더 이상 두고 볼 수 없었던지, 내사과 형사가
책상을 쾅 내리찍었다.

"과실은 과실이고 최소한 인간적으로 미안한 척은 해야 되는
거 아닙니까? 이봐요, 무고한 시민이 당신 때문에 감방에서 몇
년을 썩은 줄 알아요?"

"…."

"애가 아프다면서요?"

말이 거슬려 종식은 내사과 형사를 노려봤다. 그다음에 어떤

말이 나올지 안 봐도 뻔했다.

"다달이 월세도 들어가고, 병원비에…. 얼마 전에는 애가 수술을 했던데…."

"…."

"사채를 끌어다 쓴 것 같진 않고…. 누가 줬어요?"

대꾸할 가치도 없었다. 종식은 빈정거리듯 실소해버렸다. 하지만 그의 눈동자는 시릴 정도로 차가웠다. 종식은 내사과 형사들을 잡아먹을 듯이 노려보았다.

"왜요? 말 못 하겠습니까?"

이제 질세라 다른 형사가 끼어들었다.

"옷 벗고 이번 일 마무리 지을까요?"

내사과 형사들은 끈질겼다. 했던 질문을 다시 하고, 이미 알고 있는 것을 재차 확인했다. 종식은 3교대로 돌아가면서 심문 공세를 퍼붓는 형사들을 상대해야 했다.

형사가 바뀔 때마다 종식은 했던 진술을 되풀이했다. 다람쥐 쳇바퀴 돌리듯 뻔한 질문과 뻔한 대답이 오고 가는 사이, 종식은 자기가 무슨 말을 하고 있는지 말꼬리를 잊어버렸다. 그럼에도 상대방은 용케 알아듣는 모양이었다. 혹은, 종식의 진술이 그들에게 그다지 중요하지 않을 수 있었다.

종식이 상만을 범인으로 잠정 지목하고 수사를 진행했듯이,

내사과 형사들은 종식의 배후에서 조종하는 누군가가 있다고 추정하고, 그 인물을 캐는 데 수사의 초점을 맞추고 있었다. 종식의 수사가 과실이었다면 그것은 경찰의 명예가 실추되는 골치 아픈 사건이지만, 종식이 뇌물을 먹고 고의로 수사를 조작했다면 그건 종식 개인의 일이기 때문이었다.

만약 이번 사건이 수사 과실로 판정난다면, 종식은 징계위원회에 회부될 것이었다. 위원회는 직무태만을 이유로 종식에게 몇 개월간 대기발령을 명할 것이고, 기간이 끝나면 그를 면직시킬 것이었다.

그러나 수사 조작으로 판정난다면 종식은 백이면 백, 구속될 것이었다. 구속은 민지와 이별을 의미했다. 민지를 돌볼 사람이 없어진다는 걸 의미했다. 기필코 그런 일은 있어선 안 된다고 생각했다. 그래서 종식은 악착같이 놈들에게 덤벼들었다.

내사과 형사들과의 두뇌 싸움은 피를 말렸다. 그들은 기계를 분해하듯이 종식의 수사 과정을 세분화시키고 단절시켰다. 사실과 사실을 분리하여 개연성을 부수고, 그곳에 지뢰를 심었다. 언뜻 보기엔 종식의 수사를 인정하는 것 같았지만, 그 이면엔 무수한 함정들이 도사리고 있었다. 그 중 한 개라도 밟으면 종식은 파멸이었다.

내사과 형사들은 '예', '아니오'로 답하라고 종식의 패를 한

정지은 뒤, 그들이 미리 짜놓은 게임으로 끌어들였다. 종식은 신중하게 답해야 했다. 모호한 대답은 놈들에게 먹히지 않았다. 휘말리면 끝장이다. 천 길 낭떠러지에 위태롭게 걸린 구름 사다리를 건너가는 기분이었다. 그를 도와줄 수 있는 사람은 아무도 없었다.

사실을 거짓으로, 거짓을 사실로, 혹은 사실을 사실처럼 대답해 놈들을 현혹시켜야 했다. 천수가 종식을 데리러 왔을 때, 그는 녹초가 되어 있었다.

물고 뜯어도 소득이 없자, 내사과는 종식에게 정직을 먹이고 내쫓았다. 죄가 있는 것이 분명하지만 아직 증거를 찾지 못했으므로 일단 내보낸다는 임시 조치였다.

경찰서에 돌아온 종식은 수갑과 권총을 반납했다. 김 형사가 참담한 표정으로 그것을 받았다.

"몇 달만 납작 엎드려 있어라."

"그래야지."

"그나저나, 너 빠지면 수사고과는 누가 다 채우냐?"

종식은 대꾸 없이 쓴웃음만 지었다.

그날 밤, 김 형사가 위로주를 샀다. 대포집에서 형사들은 술을 마셨다. 이런저런 얘기가 오고 갔지만, 종식의 일 때문인지 다들 침통한 표정이었다. 형사들은 굳은 얼굴로 멍하니 술잔만 바라보았다. 불판에 올려놓은 삼겹살이 새까맣게 타들어갔다.

그때, 뜬금없이 천수가 입을 열었다. 내사과에서 경찰서로 종식을 데려오는 동안 내내 시무룩한 얼굴로 말이 없던 그였다.

"선배님, 사실은 레인보우 클럽에서 케이블을 찾아낸 게 바로 접니다."

종식은 놀란 얼굴로 천수를 바라보았다.

"제가 그날 화재사건 초동수사하러 나갔습니다."

"…."

천수는 제정신으론 버티기가 힘든지, 연거푸 소주잔을 비우고 불콰해진 얼굴로 말했다.

"괜히 저 때문에 일이 커진 거 같아서 죄송합니다."

평소에 종식을 형처럼 따르던 천수였으니, 자기 손으로 선배를 위험에 빠뜨렸다는 사실이 괴로우리라. 종식은 애써 태연한 척했다.

"아니다, 천수야."

"아닙니다. 저… 이대로 이 사건 못 넘깁니다."

"무슨 소리야?"

천수는 가방에서 서류 뭉치를 꺼냈다.

"나상만 씨 자료예요. 제 손으로 직접 진범을 밝혀낼 겁니다."

김 형사가 천수 머리를 쥐어박았다.

"관할 지리도 모르는 놈이…."

그러나 천수는 이미 각오를 다진 눈빛이었다.

"제가 형사 직을 걸고 반드시 잡는다니까요! 그래서 선배를 모욕한 내사과 그 자식들 제대로 한 방 먹일 거라고요!"

종식은 씁쓸한 마음을 감추지 못하고 술잔을 비웠다.

술에 취한 천수를 택시에 태워 보냈다. 한 잔 더 하자는 김 형사도 대리운전을 불러 귀가시켰다. 밤이 깊었다. 종식은 병원까지 걸었다. 간혹 그를 승객으로 오인하고 택시들이 다가왔지만 그냥 돌려보냈다.

형사들이 했던 얘기가 귓가에 맴돌았다. 그들은 정말로 종식을 위해 진범을 잡을 작정이었다. 그들의 진심이 느껴졌다. 그러나 종식은 고맙지 않았다. 오히려 위태로웠다. 종식은 그들의 진심이 통하지 않는, 그들과 다른 세상에 살고 있었다. 종식은 그것이 서글펐다. 그래서 마냥 걷고 싶었다.

야밤의 병원은 고요했다. 종식은 중환자실을 찾았다. 민지가 자리에 없었다. 민지의 검사가 끝나기도 전에 내사과에 끌려갔기 때문에 종식은 딸애의 행방을 알지 못했다. 종식은 원무과를 찾았다. 당번 간호사가 자리에 없어 잠시 기다렸다.

"민지 아버님."

익숙한 목소리가 들렸다. 미경이었다. 미경이 종식을 대신해 밤늦게까지 민지를 간호하고 있었다. 미경이 종식의 안색을 살피더니 입을 열었다.

"잠깐 시간 좀 내주시겠어요? 드릴 말씀이 있어요."

종식은 병원 휴게실에서 커피를 뽑았다. 미경에게 커피를 건넸다.

"늦게까지 고생하시네요. 뭐라고 감사의 말씀을 드려야 할지…."

"아, 아닙니다."

"언제 민지랑 같이 밥이나 먹죠."

"네."

미경이 멋쩍게 답했다.

"그런데 하실 말씀이란 게 뭡니까. 민지한테 혹시…."

"아니에요. 검사 결과는 아주 좋습니다. 청력도, 시력도 문제 없었어요."

"다행이네요."

"저기, 그런데…."

미경은 얘기하기가 곤혹스러운지 말끝을 흐렸다.

"민지 아버님이 안 계셔서 제가 보호자 자격으로 얘기를 들었어요. 민지 아버님한테는 죄송한데, 민지에게 있었던 옛날 일을 들었습니다. 정신과 의사 선생님이 말해줬어요. 원래는 안 되는데, 제가 민지 아버님한테 말을 전달해야 되는 상황이라…."

"민지가 정신과를 갔다고요?"

종식이 놀란 얼굴로 물었다.

"민지는 지금 정신적으로 힘들어하고 있어요. 아시는지 모르겠지만, 민지는 아직 어머님 일을 극복하지 못했대요. 마음의 문을 닫았대요. 절대 안정이 필요하답니다. 과거의 그 일을 연상시킬 수 있는 건, 당분간 보지 않는 게 좋겠다고 하셨어요. 그래서…."

"날더러 민지를 보지 말라는 겁니까?"

미경은 죄 지은 것처럼 고개를 숙였다.

허탈한 기분이 들어 종식은 실없이 웃었다. 마음이 허했다. 밑 빠진 독처럼 끊임없이 손길이 필요하고, 돈이 필요한 민지를 남겨두고, 아내는 홀연히 떠나버렸다. 그 짐을 모조리 자신에게 떠넘기고, 미안하다는 말 한마디 남기지 않았다.

그리고 민지는 아빠가 엄마를 죽게 했다고, 그가 밉다고 마음의 문을 걸어 잠갔다. 아내와 딸애에게 종식은 가해자였다. 그들은 종식이 그들을 위해 어떤 길을 걸어왔고, 또 어떤 길을 걸어가야 하는지 알지 못했다.

미경은 무너지는 심정으로 종식을 아프게 바라보았다. 그녀는 갑자기 무언가 결심한 듯 자리에서 일어섰다. 미경이 말했다.

"민지 아버님, 지금 민지 보러 가세요."

"아깐 안 된다고⋯."
"민지, 지금 잠들었을 거예요. 가서 보세요."
"그래도 되겠습니까?"
미경은 고개를 끄덕였다.

민지의 병실은 병원 5층에 있었다. 모두가 잠들어서 병원은 쥐 죽은 듯 적막이 흘렀다. 이따금씩 낮은 기침소리만 들릴 뿐이었다. 민지가 자고 있는 병실이 보였다. 그러나 종식은 병실 앞에서 걸음을 멈췄다.
"왜요? 안 들어가세요?"
미경이 물었다.
"보지 않는 게 좋겠습니다."
"민지 아버님."
"우리 민지, 잘 좀 돌봐주십시오."
종식은 그냥 그렇게 돌아섰다. 민지의 얼굴을 마주할 자신이 없었다. 종식은 겁이 났다. 천수와 김 형사에게 느꼈던 세계의 단절감을 민지한테서도 느낄까 봐 겁이 났다.
미경은 안타까운 마음으로 종식을 바라보았다. 복도 끝으로 사라지는 그의 뒷모습이 작아 보였다.

악연

간밤 내내 잠들지 못했다. 상만은 밤새 뒤척이다가 핼쑥한 얼굴로 아침 햇살을 받았다. 공동 화장실에서 세수를 하고 면도를 했다. 운동장에서 교도관의 호루라기에 맞춰 맨손 체조를 하고 방으로 돌아와 짐을 정리했다. 교도소를 떠나는 날이었다. 같은 방을 쓰는 재소자들이 상만 주변에 삼삼오오 모여들었다.

"어쩐지…. 나는 상만 씨, 처음 봤을 때부터 죄 없는 사람 같았어."

"나가서도 잘 살아요. 여기 일은 깨끗이 잊어버리고."

"그래, 수감번호는 오늘부로 싹 지워. 근데, 웃긴 게 감방 나가서 통장 비밀번호 이런 거 만들잖아? 자기도 모르게 수감번호를 찍는다?"

하하하. 재소자들이 웃었다. 상만도 덩달아 웃어주었다. 그들은 상만에게 무슨 일이 일어났는지 알지 못했다. 그저 부러운 눈으로 바라볼 뿐이었다.

상만은 물품을 정리하면서 쓰지 않은 면도기와 비누, 공책을 재소자들에게 나눠주었다. 그러곤 일일이 악수를 했다. 밖에서 대기하고 있던 교도관이 문을 열었다. 이제 그만 떠날 시간이었다. 교도관을 따라 복도를 걷는 상만의 등 뒤로 재소자들의 환호성이 울렸다.

상만은 교도소를 떠나는 간단한 절차를 밟았다. 교도관들은 상만에게 몇 가지 주의 사항을 일러주었다. 교도소에서 보고 들은 것은 대외비이므로 절대 발설하지 말 것, 교도소를 막 출소한 사람들을 상대로 사기 치는 사람들이 있으니 근처 사창가나 술집엔 들르지 말고 되도록 빨리 귀가할 것, 그리고 절대 이곳에 돌아오지 말 것 등이었다.

상만이 그간 나무 인형을 깎아서 번 돈은 모두 37만 5,000원이었다. 교도관은 월급이 입금된 통장을 상만에게 주었다. 상만은 교도소에 들어올 때 입고 왔던 점퍼를 걸치고 교도소 정문을 나왔다. 종식이 끌어올리느라 옷깃이 너덜너덜한 그 점퍼였다.

이곳에 끌려온 첫날밤이 떠올랐다. 황량하고 무심한 이곳에서

15년을 보내야 한다는 생각에 상만은 잠을 이루지 못했었다. 그 울적하고 심란했던 기분이 이젠 아득한 감상이 되어 상만의 마음을 어지럽혔다.

오늘은 상만 말고도 다섯 명이 같이 출소했다. 교도소 정문에 침을 뱉는 사람이 있는가 하면, 마중 나온 식구들 품에 안겨 엉엉 우는 사람도 있었다. 상만은 재회의 기쁨을 누리는 사람들을 조용히 뚫고 지나갔다. 저 멀리서 두부를 들고 있는 늙은 누이가 보였다.

올해 쉰다섯인 누이는 염색을 하지 않아 백발이 성성했다. 누이는 괜찮다고 사양하는 상만에게 굳이 두부를 먹였다. 그러곤 집에서 싸온 왕소금을 뿌리며 "고수레, 고수레"라고 중얼거렸다. 누이는 상만에게서 그의 과거를 털고 싶어했다.

"뭐라도 먹고 가자. 얼굴이 상했다."

누이는 황태구이 집에 택시를 세웠다. 상만 식구 말고도 다른 출소자 가족이 있었다. 교도소에서 몇 번 마주쳐서 안면이 있는 사람이었다. 교도소 식당에서 본 얼굴을 사제 식당에서 보니 기분이 묘했다. 그는 상만을 못 본 척했고, 상만 역시 그에게 시선을 돌리지 않았다.

누이는 좀처럼 먹지 않는 상만에게 자꾸 밥을 권했다. 깍두기, 콩나물이 담긴 반찬 그릇을 상만 앞에 놓았다. 상만은 몇 술 뜨다 말고 누이에게 물었다.

"예슬이는 지금 어디 있습니까?"

납골당은 화성에 있었다.

화성 시내에서 한참 떨어진 곳이었다. 늙은 누이는 곧장 올 수 있는 길을 빙빙 돌아왔다며 택시 기사와 흥정을 벌였다. 상만이 그냥 가자고 했지만, 누이는 기어코 1,000원을 받아냈다.

예슬은 납골당 B동 건물 2층에 있었다. 노란 인조 국화가 예슬의 유골함이 담긴 진열대를 장식하고 있었다. 늙은 누이는 예슬의 영정 사진을 보곤 소리 내어 울었다. 몸 안에서 뭔가가 뚝 끊어지는 듯한, 단절되고 기약이 없는 울음이었다.

"에이그, 불쌍한 것. 조금만 더 살았으면 지 애비도 보고 얼마나 좋아. 그 새를 못 참아서 그냥 가버렸구나. 어린것이 무슨 죄가 있다고 좋은 이승 놔두고 왜 저승엘 가. 지 애비가 이렇게 나왔는데. 이 좋은 걸 못 보고. 아이고…."

상만은 통곡하는 누이를 일으켜 세웠다. 누이 핸드백에서 손수건을 꺼내 누이의 얼굴을 닦아주었다. 한참을 울던 누이는 이윽고 울음을 멈췄다.

"애, 나 화장실 좀 갔다 올게."

혼자 남겨진 상만은 예슬의 유골함을 망연자실 바라보았다. 상만은 유골함을 꺼내 품에 안았다. 왠지 따뜻할 것 같다는 착각이 들었다.

상만이 가만히 유골함에게 말을 걸었다.

"예슬아, 아빠가 왔다. 오버."

유골함은 말이 없었다.

"아빠 왔다. 오버."

"…."

"예슬아, 아빠 왔다. 오버."

"…."

"아빠 왔다…. 오…버…."

"…."

"아빠다. 오…버."

상만은 유골함을 끌어안고 울었다. 더 이상 상만의 무전 연락을 받아줄 예슬은 이 세상에 존재하지 않았다.

병원으로 가는 길에 누이는 뜬금없이 매형 얘기를 꺼냈다. 매형은 제약회사에서 28년을 근무하다가 작년에 은퇴한 양반이었다. 젊은 시절 주당으로 이름을 날렸던 매형은 늘그막에 당뇨병에 합병증까지 겹쳐 고생이 심한 모양이었다.

"젊어서는 계집질로 속 썩이더니, 늙어서 병수발 들 줄 꿈에 알았겠니?"

"많이 편찮으세요?"

"말도 마라. 상전도 그런 상전이 없다. 병 걸린 게 무슨 벼슬인지, 허구한 날 반찬 투정이나 해대고, 그렇게 몸이 걱정되면 나가서 운동을 해야지. 집구석에 틀어박혀 바둑이나 두고 있으니 그 양반 때문에 내가 등골이 휜다. 한 달에 약값만 얼마인 줄 아니?"

그랬다. 결국엔 돈 얘기였다.

"변호사한테 얘기 들어보니까, 보상금으로 6,000만 원인가 나온다 하더라."

"전 그 돈 필요 없습니다."

"현실을 생각해. 감정적으로 할 게 아니야. 너 당장 네 마누라 입원비는 어쩔 거니?"

늙은 누이는 병든 남편 병원비 대는 것도 벅찬데, 내가 네 마누라 입원비까지 대야겠냐고 역정을 냈다.

"솔직하게 얘기해서 그년이 우리 예슬이 잡아먹은 년 아니니? 뒈지려면 혼자 뒈질 것이지, 왜 애까지 끌고 가냐고. 그래서 제년이 죽었어? 아이구야, 차라리 뒈졌으면 아쉬울 거나 없지. 뒈지지도 않고 혼자 살아서."

"그래도 예슬이 엄마인데."

"엄마? 염병이라 그래라. 그래, 제 딸년 죽이자고, 밥에다 수면제 타 먹이고, 가스 밸브 틀어서 자살하려고 한 년이 어멈이니? 얘, 길 가는 사람들을 붙들고 물어봐. 하다못해 개도 제 새끼는 끔찍하게 여긴다. 그게 인두겁을 뒤집어쓴 금수지, 사람이 할 짓이니?"

"…."

"죽으려면 혼자서 한강 물에 뛰어들면 될 거 아냐? 왜 어린 자식까지 죽여!"

끝내 누이는 아내를 보지 않겠다며 상만만 내려주고 병원 앞에서 발길을 돌렸다. 상만 혼자서 병실에 들어갔다. 그곳에 있던 환자들과 보호자들이 상만을 뜨악하게 쳐다보았다. 그들은 아마도 상만을 아는 모양이었다. 그들이 수군거리는 소리가 상만에게도 들렸다.

상만은 아내를 보는 순간 숨이 멎는 듯했다. 다시는 자신을 보지 않겠다던 아내는 혼수상태에 빠져 산소 호흡기를 달고 있었다.

"지영아…."

상만이 아내의 손을 잡았다. 그녀의 손을 뺨에 갖다 댔다.

"나 왔다. 지영아."

아내는 말이 없었다.

"너 보고 싶어서 이렇게 왔다. 지영아."

상만은 아내의 볼과 입술을 어루만졌다. 그에게 입을 맞추고, 웃어주고, 함께했던 아내의 얼굴이었다. 아내는 상만이 감옥에서 상상으로만 그리던 그 모습 그대로 누워 있었다. 아내는 잠이 든 것 같았다. 금방이라도 일어나 상만에게 안길 것 같았다.

"나 없는 동안 고생 많았어. 솔직히 당신이 연락 끊었을 때 많이 야속했다. 사람이 어쩜 그럴까 싶었지. 나가기만 하면 한바탕 해야겠다 싶었어. 근데 다 용서할게. 아냐, 오히려 용서를 빌 사람은 나지. 그동안 열심히 살아줘서 고맙다. 참, 내가 예슬이 주려고 감옥에 있을 때 나무 인형을 만들었거든. 아, 근데 그놈이 다 컸다고, 인형은 싫다는 거야. 요즘 애들은 휴대전화가 선물로 짱이라네. 휴대전화로 인터넷이 되고, 저희들끼리 영상도 찍고 그런다는 거야. 자식이 많이 컸던데. 숙녀가 다 됐어. 어렸을 땐 날 닮아서 걱정 많이 했는데, 자랄수록 당신 얼굴이야."

상만은 대답 없는 아내에게 계속 말을 쏟아냈다.

"당신 기억나? 예슬이 다섯 살 때 방패연 날리던 거? 왜, 그때 엄청 추웠잖아. 바람도 많이 불고. 당신은 그냥 집에서 고구마나 먹자고 했는데, 애가 연 날리고 싶다고 고집을 피웠잖아. 그때 우리 세 식구 전부 나가서 연을 날렸지."

상만은 그윽이 아내를 바라보았다. 아내가 듣고 있는 듯했다.

"방패연이 나무에 걸려서 예슬이가 얼마나 울었어. 하필이면 나무 꼭대기에 걸렸지. 내가 예슬이 그 녀석 목마를 태웠잖아. 아, 그런데 나무가 워낙 높았어야지. 아무리 팔을 휘저어도 연이 안 닿는 거야."

상만은 힘겹게 말을 이었다.

"당신도 기억나지? 당신이 그랬잖아. 아빠 힘드니까 이제 내려오자고, 아빠한테 또 만들어달라고 하면 된다고. 예슬이는 목마를 내려와서도 미련이 남았는지 계속 나무 꼭대기를 쳐다보고 있었어. 녀석이 말이야. 울먹이더라고. 그래서 내가 어떻게 했지? 말해봐, 여보. 당신은 그때만 생각하면 웃음이 난다고 했잖아. 그래 맞아. 내가 나무다리 신발을 신고 나왔지. 행사할 때 쓰는 거 있잖아. 그걸 신고 나와서 방패연을 떼어줬어. 예슬이는 좋다고 펄쩍펄쩍 뛰고, 당신도 웃었지. 기억나지? 지영아?"

상만은 아내를 만나면 해주고 싶었던 얘기를 하나둘씩 풀어놓았다.

그에게 아내는 혼수상태에 빠진 환자가 아니었다. 오늘 저녁이라도 기지개를 켜고 일어날 사람이었다. 그래서 아내에게 자살을 시도한 책임도 묻지 않았고, 당신은 살아남고 예슬만 죽었다는 얘기도 하지 않았다. 그저 좋은 얘기만 하고 싶었다.

"예슬이는 걱정 안 해도 돼. 걘 벌써 오래전에 퇴원했어. 당신만 일어나면 돼."

아내의 이마에 땀이 맺혀 있었다. 상만은 수건을 찾았다. 사물함을 열어보니, 언제 빨았는지 모를 수건이 바짝 말라 있었다. 상만은 수건을 빨러 병실 밖으로 나갔다.

한 무더기의 사람들이 기다렸다는 듯이 상만에게 다가섰다. 몇 년 전 옥상에서 인질극을 벌였을 때, 그를 취재하러 온 기자들이 떠올랐다. 상만은 어리둥절한 얼굴로 그들을 바라보았다. 사람들은 뭔가 할 얘기가 있는 것 같았지만, 왠지 모르게 머뭇거리고 있었다.

한 남자가 일행에게 떠밀리듯 앞으로 나왔다.

"상심이 크시겠습니다."

상만은 남자 목에 걸린 표찰을 발견했다. 그는 장기이식 코디네이터였다.

남자가 말했다.

"힘드실 겁니다. 하지만 환자분 생명이 여러 사람을 살릴 수 있습니다. 장기이식은 정말 뜻 깊은 일입니다."

다른 장기이식 코디네이터들도 기다렸다는 듯 득달같이 몰려들었다. 저마다 자기 먼저 해달라고 아우성이었다.

"여기 각막 이식에 사인 좀….."

"저는 신장입니다."

"간 이식에도 서명해주세요."

어떤 남자는 기증서를 내밀었다.

"서명이라도 먼저 해주세요. 환자분 상태는 뇌사 상태라 의학적으로는 죽은 몸이나 다름없습니다."

상만은 기증서를 찢어버렸다. 그러곤 그 남자의 멱살을 붙들었다.

"당신 지금 뭐라고 했어? 죽은 몸?"

"아버님, 진정하시고⋯."

상만은 그자에게 주먹을 날렸다. 놀란 코디네이터들이 쓰러진 남자를 일으켰다.

"당장 꺼져! 다신 얼씬거리지 마!"

분위기가 아니다 싶었는지 장기이식 코디네이터들도 하나둘 자리를 떴다. 그들 중에 미경도 있었다. 미경은 그 순간만큼은 목에 걸고 있는 표찰을 감당할 수 없었다. 그래서 표찰을 슬그머니 옷깃에 숨기고 말았다.

상만에게 쫓겨난 코디네이터들은 휴게실에 모여 커피를 마셨다. 개중 고참 코디네이터가 미경에게 충고했다.

"미경 씨도 그 집은 포기해."

다른 코디네이터도 거들었다.

"그래, 알고 보니까 사연이 있는 집이더라. 그 집 여자⋯. 병에 걸려 죽은 것도 아니고, 그 집 남편 때문에 자살한 모양이야. 그러니 남편이 쉽게 허락하겠어? 절대 허락할 사람 아니야."

다른 코디네이터가 물었다.

"그 사람 살인범이라면서? 그런데 어떻게 그렇게 빨리 나온 거야?"

120

"그게 억울하게 누명을 썼다네. 인질극도 벌이고 그랬대."

하지만 미경은 민지를 포기할 수 없었다. 상만의 마음을 이해하기 위해, 그녀는 인터넷으로 당시 사건을 검색해보았다. 그러다 담당 형사 이름을 읽게 되었다. 바로 종식이었다.

미경은 너무 놀라서 입을 가렸다. 동료 코디네이터가 뭐하나면서 다가왔다. 미경은 황급히 인터넷 창을 꺼버렸다. 원수지간의 사람들끼리 장기이식을 해야 하는 최악의 상황이었다. 미경은 장기이식 코디네이터를 시작한 이래 처음으로 일에 자신감을 잃었다.

코디네이터들을 쫓아낸 상만은 아내 곁에 주저앉았다. 아내는 이런 사실을 아는지 모르는지 그저 자는 듯 누워 있었다. 상만은 망연자실, 흐트러진 눈길을 가누지 못했다.

"여태 이러고 살았니?"

아내는 말이 없었다.

"당신 똑똑하잖아. 누워만 있지 말고, 쫓아야지. 당신이 죽었다잖아."

아내는 여전히 말이 없었다.

아니다. 아니었다. 상만은 무너지는 마음을 추슬렀다. 어쩌면 아내가 잠시 잠들어 있는 것이 다행이라 생각했다. 예슬이 죽었다는 걸 안다면 그녀는 이 모진 삶을 버텨낼 수 있을까. 힘들어하는 그녀를 두고 볼 자신이 없었다.

"그래, 당신 그동안 힘들었으니까 잠시 휴가라고 생각해. 병원비는 걱정 하지 말고, 쉴 수 있을 때 푹 쉬어. 예슬이도 걱정하지 말고."

상만은 병원 원무과를 찾아가서 자신이 아내의 보호자임을 밝히고, 아내가 병원에 실려 왔을 때 표기된 주소를 물었다. 상만은 간호사가 불러주는 주소를 메모했다.

아내가 살던 동네는 하늘이 가까운 산동네였다. 마을버스에서 내린 상만은 동네 사람들에게 물어물어 아내의 집을 찾아냈다. 2층 다가구 주택이었다. 상만이 벨을 눌렀다. 개 짖는 소리가 들렸다.

"누구세요?"

인터폰 건너에서 사람 말소리가 들렸다. 순간, 상만은 자신을 뭐라 소개해야 할지 막막하여 어쩔 줄 몰랐다.

"누구세요?"

"예, 저는… 양지영 씨라고, 그 사람 오빠입니다."

"누구요?"

"양지영이요."

"아, 예슬이 엄마? 잠깐만요."

잠시 후, 집주인이 나타났다. 상만의 누이뻘 되는 여자였다. 그녀는 파르라니 깎은 상만의 머리를 수상쩍다는 듯 쳐다보았다. 그녀는 예슬 엄마한테 오빠가 있다는 얘기를 듣지 못했다면서, 애써 경계심을 숨기려 하지 않았다.

"배를 탔습니다."

"아, 그러셨구나. 아무튼 잘 왔어요."

아내와 딸이 살던 곳은 양옥집의 반 지하 단칸방이었다. 집주인은 아내가 딸을 데리고 동반 자살했던 사실이 퍼질까 몹시 두려워하고 있었다. 계약 기간이 남았음에도 얼른 방을 빼주길 원했으나, 연락할 사람이 없어 속수무책 방을 썩혀두고 있는 형편이었다. 이 때문에 집주인은 상만의 출현을 몹시 반겼다.

"내가 보증금에다 좀더 얹어줄 테니까 내일이라도 당장 빼줘요."

"네."

"내가 그 애기 엄마 사는 사정이 하도 딱해서 많이 봐줬어. 솔직히 저 집구석에 있는 물건들 죄다 싸서 버리려고 하다가 말았잖아요. 오빠라니까 알겠네요. 애기 엄마 남편이 글쎄, 사람 죽이고 감방에 갔다잖아요. 에이그. 서방이 그러면, 자기라도 정신 차려서 똑 부러지게 살아야 되는데 허구한 날 술에…."

"술이요?"

"몰랐어? 애기 엄마, 알코올 중독이었어. 애가 학교를 다니는지, 공장에 다니는지 알게 뭐야. 아침부터 밤까지 만날 술인데. 밥도 안 먹고, 만날 울기만 하고, 그러다 술 찾고…. 그러니까 사람이 골병들고 죽는 거야."

상만은 집주인에게 열쇠를 받아 단칸방 문을 열었다. 술과 오물에 찌든 악취가 코를 찔렀다. 한 치 앞도 가늠할 수 없는 칠흑 같은 어둠이 상만을 가로막았다. 아내는 창문이란 창문에 죄다 검은 커튼을 쳐놓았고, 그것도 모자라서 못을 박아두었다.

상만은 커튼을 뜯어냈다. 그제야 집안 꼴이 눈에 들어왔다. 어디서 들어왔는지 고양이 똥이 사방지천에 널려 있었다. 빈 소주병들이 상만의 발에 채였다. 빚 독촉장과 정체를 알 수 없는 약봉지, 수면제가 서랍에 있었다.

상만은 주위를 둘러보았다. 가스에 중독된 아내와 딸을 실어나른 구급대원들의 다급한 발자국 사이에 민지가 쓰던 것으로 보이는 분홍색 다이어리가 있었다. 상만은 다이어리를 펼쳐들었다. 마술 쇼를 하느라 피에로 분장을 한 상만과 예슬이 함께 찍었던 사진이 다이어리 앞장에 꽂혀 있었다. 그리고 일기가 시작되었다.

9월 13일

민이가 내 지우개를 훔쳐갔다. 자기 이름을 써놓고, 자기 것이라 우겼다. 내 것이라고, 빨리 내놓으라고 싸웠다. 민이는 지우개의 반을 잘라 나에게 주었다. 나쁜 놈이다. 속이 상해서 울었다.

11월 4일

학교에서 빛의 굴절을 배웠다. 선생님이 집에서 거울을 갖고
오라고 했다. 다른 애들은 다 손거울을 가져왔는데, 나만 엄마
가 쓰는 큰 거울을 가져왔다. 창피해서 거울을 꺼내지 않았다.
선생님이 준비물 안 가져온 사람은 나머지 청소를 하라고 했
다. 그래서 화장실 청소를 했다. 화장실이 깨끗하니까 내 마음
도 깨끗하다.

예슬의 일기를 읽던 상만의 눈에 눈물이 핑 돌았다.
"녀석…."
상만은 아예 자리를 잡고 앉아 예슬의 일기를 읽었다. 고만고
만한 아이들의 일상 이야기가 담겨 있었다. 예슬은 성실하고 착
한 아이였다. 그리고 슬픈 아이였다.

5월 3일

오늘 새 집으로 이사 왔다. 엄마는 이삿짐도 풀지 않고, 창문
에 커튼을 달았다. 햇빛도 안 들어오는데, 왜 커튼을 다냐고 물
었다. 엄마는 말이 없었다. 엄마는 커튼에 못을 박았다. 나더러
아예 손도 대지 말라고 했다. 엄마는 술에 취해 있었다.
"예슬아, 우리가 여기 이사 온 거 딴 사람들한테 얘기 안 했지?"
"엄마, 이사를 자꾸 해서 이제 친구도 없어."

"말하면 안 돼. 이제 힘들어서 이사 못 가, 안 가."

술에 취한 엄마가 무서웠다. 그래서 알겠다고 고개를 끄덕였다. 엄마가 울었다.

"착하다. 우리 딸. 여기가 마지막이야."

"엄마, 커튼으로 꽁꽁 막으면 아빠는 우리를 어떻게 찾아와?"

"아빠 죽었어."

"거짓말!"

"아빠 죽었어. 아빠 세상에 없는 사람이야."

6월 11일

집에 있다가 학교 가려고 밖으로 나왔다. 햇빛을 봤더니, 눈이 부셨다. 어두운 게 싫다. 근데 엄마는 어두운 게 좋다고 한다. 엄마는 거짓말을 한다. 아빠는 안 죽었다. 아빠는 꼭 올 것이다.

6월 23일

엄마가 또 술을 사러 나갔다. 나는 숙제하는 척하고 있었다. 엄마가 나가자마자 커튼을 뜯었다. 근데 키가 작아서 손에 닿지 않았다. 콩콩 뛰어도 소용없었다. 아빠가 옛날에 키다리 신발 신고 연을 떼어줬던 생각이 나서 조금 울었다. 아빠가 보고 싶다.

6월 24일

아빠가 찾아올 수 있게 창문을 만들었다. 하지만 엄마한텐 말 안 했다. 내가 창문을 만든 걸 알면, 엄마는 또 울 거다. 나는 그러면 안 된다. 이 창문은 엄마 몰래 나만 볼 수 있는 창문이다. 아빠가 빨리 왔으면 좋겠다.

상만은 민지가 만들었다는 창문을 찾았다. 부엌이 딸린 단칸방에 창문이라곤 두 개뿐이었다. 싱크대 앞에 환기를 위해 만든 작은 여닫이 창문과 거실 한쪽에 나무가 내다보이는 창. 이것뿐이었다.

창문을 만들었다는 건 아이의 상상일까? 하지만 예슬은 아빠가 찾아왔으면 좋겠다는 바람으로 창문을 만들었다고 했다. 딸애가 거짓을 쓸 리는 없었다.

"예슬아, 창문이 어디에 있니?"

상만은 벽에 걸려 있는 가족사진 액자를 들여다보며 물었다. 그 속에서 예슬은 활짝 웃고 있었다. 상만은 액자를 떼어내 소매로 먼지를 닦았다. 그 순간 상만은 가슴이 미어져 꼼짝할 수 없었다. 액자가 걸려 있던 곳에 예슬이 크레파스로 삐뚤빼뚤 그린 창문이 있었다. 창밖으론 초록 들판이 펼쳐져 있었고, 그 위엔 솜사탕 같은 구름이 둥실둥실 떠 있었다.

부메랑

공영 주차장 주차단속요원이 차창을 두들겼다. 차 안에 있던 종식이 차창을 내리고 물었다.

"뭐요?"

단속요원이 물었다.

"주차하시는 거 아닙니까?"

"그런데요."

"아, 다른 게 아니고 차량을 세워둔 채 계속 그 안에 계셔서요."

"마누라 기다리는 길입니다."

"아, 예."

종식은 다시 차창을 올렸다. 그는 과거 레인보우 클럽 자리였던, 단란주점 건물 앞에다 차를 주차시키고 있었다. 사람들의 눈에 띄지 않도록 큰길을 피해 일부러 골목 으슥한 곳에 차를 댔다. 종식은 차창 너머 풍경을 내다보고 있었다.

멀리서 천수가 보였다. 그가 고개를 돌렸다. 종식은 급히 몸을 숙였다. 하마터면 눈이 마주칠 뻔했다.

천수는 건물주를 상대로 탐문 수사하고 있었다. 리모델링 공사 착공시기와 단란주점의 영업시간은 물론이고 사건 발생 이후 수상한 사람이 나타난 적 없냐며 죽은 오문수 사장실 CCTV에 찍힌 살해 용의자 사진을 보여주고 있었다. 녀석은 건물주가 답하는 내용을 경찰수첩에 꼼꼼히 받아 적고 있었는데 종식은 그 성실함에 애가 탔다.

종식은 천수의 사람됨을 알았다. 유명 사립명문대 법대를 졸업하고, 사법고시에 1차까지 합격하고 2차 면접시험만 남긴 상태에서 갑자기 일선 경찰이 되겠다고, 부모들의 결사적인 반대에도 무릅쓰고 경찰 시험을 쳐서 그것도 가장 힘들다는 강력계로 지원한 대한민국 최고 꼴통이었다. 시간이 문제지, 천수는 나상만 사건의 종점에 종식이 있다는 걸 기어코 밝혀내고 말 것이다. 어떻게든 막아야 했다.

"바보 같은 놈."

종식은 천수를 보며 중얼거렸다. 오늘 하루만도 천수는 죽은 오문수의 아내와 친구들, 사업 동료들을 만나 탐문 수사했고, 그와 관계를 맺었던 클럽 여종업원들 다섯을 만났다. 끼니도 아침, 점심은 거르고 저녁만 겨우 편의점 컵라면으로 때웠다. 그리고 지금 또 여길 기어온 것이다. 대단한 집념이었다. 종식은 초조한 마음으로 천수의 일거수일투족을 감시하는 중이었다.

얼마나 지났을까. 천수는 승용차에 올라탔다. 종식도 시동을 넣었다. 천수는 구로동 언덕배기 좁은 골목을 빠져나왔다. 종식도 뒤를 밟았다. 그때였다. 갑자기 마음이 변했는지 천수는 유턴을 했다.

"제길!"

종식이 급히 브레이크를 밟았다. 유치원 차량이 종식의 앞을 가로막고 있었다. 경적을 눌렀지만 정지신호에 막힌 유치원 차량이 길을 비켜줄 리 만무했다. 종식은 급히 핸들을 틀었다. 맞은편에서 달려오던 트럭이 '빵! 빵!' 하고 위태롭게 경적을 울렸다. 종식은 아슬아슬하게 충돌을 피했다. 트럭 운전수가 고래고래 소리를 질러댔다.

종식은 액셀을 밟았다. 천수의 승용차가 고가도로를 달리고 있었다. 다행히 그는 미행당하는 걸 눈치 채지 못한 것 같았다. 천수는 자정이 다 되어서 귀가했다. 종식은 천수가 집에 들어가서, 거실에 불을 켜는 걸 확인하고 나서야 미행을 그만두었다.

하루 종일 긴장하느라 몰랐던 피로가 한꺼번에 몰려왔다. 종

130

식은 핸들에 얼굴을 처박았다. 머리에서 쉰내가 났다. 하루하루가 피를 말렸다.

　종식은 경찰서로 차를 몰았다. 혹여 천수가 종식 모르게 사건의 실마리를 발견하고도 아직 보고를 하지 않은 것이 있다면 찾아내서 소각할 생각이었다. 경찰서 지하주차장에 종식의 차가 들어왔다. 인적이 끊긴 주차장은 괴괴했다. 천장 전등이 드문드문 깨져 사방이 어둑했다. 종식은 차에서 내려 문을 잠갔다.
　그 순간이었다. 종식은 멈칫했다. 차창에 그의 등 뒤 너머로 빨간 담배 불빛이 타오르는 것이 보였다. 어둠 속에서 형체를 알아볼 수 없는 사내가 담배를 피우고 있었다. 경찰은 아니었다. 경찰이라면 종식에게 말을 걸었을 것이다. 어둠 속에 있던 사내가 담배를 비벼 끄고 종식에게 걸어왔다. 타박타박.
　종식은 권총을 빼들고 돌아섰다. 검은 상복을 입은 상만이 슬프고 나약한 얼굴로 서 있었다.
　"나… 상만? 나상만 씨?"
　종식은 당황한 듯 말을 더듬었다.
　"…"
　상만은 대꾸 없이 종식을 바라보고 있었다.
　"이, 이거 오랜만이네. 나왔단 소리는 들었어요."
　"…"

종식은 악수를 청했다.

"거, 일전엔 미안하게 됐수다."

종식이 쓰게 웃으며 말했다. 상만은 종식의 손을 멀거니 바라만 보았다. 종식은 무안한 듯 손을 내렸다. 상만은 멱살이라도 움켜잡을 듯 종식을 매섭게 노려보고 있었다.

"잊어버립시다. 다 먹고 살자고 하는 짓 아닙니까?"

"당신 같으면… 잊을 수 있겠나?"

"털어버리는 게 속 편할 거야. 자기나 나나."

상만은 그냥 지나가려는 종식을 붙들었다. 팔뚝을 잡힌 종식이 '뭐야, 이거' 하는 눈빛으로 상만을 쳐다보았다. 종식은 피식 실소했다.

"이봐, 형씨. 보상금 나온다면서?"

"…."

"몰랐어? 모르는 눈치인데? 바로 입금하라고 연락 넣어줄까요?"

상만은 분노가 치밀었다. 돈 때문에 찾아온 것이 아니었다. 상만은 미칠 것 같은 얼굴로 주먹을 쥐었다. 종식이 말했다.

"요즘 같은 경기에 3년 살고 그만큼 벌었으면 남는 장사라니까…. 더 긁어내지 못해서 억울해하진 말고."

"야, 이 자식아!"

더 이상 참지 못하고 상만이 주먹을 날렸다. 종식이 휘청하면서 쓰러졌다. 입술이 터져 피가 흘렀다. 종식은 바닥에 흩뿌려진 핏물을 보았다.

다급하고 절박하게 종식을 충돌질하는 피였다. 아내와 딸애가 파놓은 인생의 핏빛 수렁이었다. 애써 피하고 싶은 인생의 벼랑이자, 인생의 끝이었다. 또한 그것은 탈출구였다. 벼랑 끝이 있기에, 종식은 자유를 얻을 수 있었다. 암흑의 자유. 이미 절망의 밑바닥까지 추락한 이상, 그에게 뇌물수수, 수사증거조작, 금품 로비 따위는 문제가 되지 않았다.

그는 절망을 절망으로 이겨내려 하고 있었다. 항상 '끝'을 염두에 두고 살아가는 사람들 특유의 방종이었다. 그런데, 그것을 오늘 상만이 건드렸다.

피가 들끓었다.

종식은 광기를 억누르며 쓴웃음을 지었다. 그의 허연 이가 고스란히 드러났다.

"거칠게 나오시네. 눈에 뵈는 게 없어?"

종식은 벽돌을 집어서 달려들었다. 상만은 위축되지 않고, 종식을 노려보았다. 상만의 이마를 박살낼 것 같던 벽돌은 뜻밖에도 종식의 차창에 쩍하고, 박혀버렸다. 도난 경보음이 요란하게 울렸다. 종식은 가쁜 숨을 몰아쉬었다. 들끓는 살의가 밖으로 표출되지 못하고 몸 안에서 요동치는 것이 느껴졌다.

종식이 힘겹게 말했다. 그는 진실로 상만이 사라져주길 바랐다.

"지나간 일이니 이해하쇼. 그러니 앞으로 우연이라도 마주치
지 맙시다."

종식은 이마에 흐르는 진땀을 닦았다. 상만은 자기 어깨를 스
치며 저벅저벅 걸어가는 종식을 돌아보았다. 상만은 들릴 듯 말
듯한 소리로 중얼거렸다.

"내 딸이 죽었어."

종식이 멈칫했다.

"내 딸을 당신이 죽였다고!"

상만이 울부짖었다. 종식은 그 자리에서 꼼짝할 수 없었다. 그
도 예슬을 기억하고 있었다.

"너희 아빤 지금 스파이더맨 작전 중이다. 스파이더맨 아나?
오버."

—스파이더맨 안다.

"또 오버 안 한다."

—아, 맞다. 오버.

"그럼 예슬 대원을 아빠와 통화하게 해주겠다. 오버."

종식이 돌아서서 물었다.

"당신 딸이 죽은 게… 왜 내 탓이야?"

"…"

종식이 상만의 멱살을 잡았다.

"당신 딸이 죽은 게 왜 내 탓이냐고!"

아내가 자살한 것이 종식의 탓이 아닌 것처럼, 민지가 심장병을 앓는 것이 종식의 탓이 아닌 것처럼, 상만의 딸이 죽은 것 또한 종식의 탓이 아니었다. 그런데 왜!

상만은 그저 자리에 주저앉아 울기만 할 뿐이었다. 종식은 뿌리치듯 상만의 멱살을 풀었다. 상만을 보고 있으면 숨이 탁탁 막혔다. 이가 갈렸다. 종식은 상만을 내버려두고 주차장을 빠져나갔다. 딸을 잃은 아버지의 흐느낌 소리가 계속해서 들렸다.

강력반 사무실에 김 형사가 있었다. 김 형사는 정직을 먹고도 야밤에 불쑥 경찰서를 찾아온 종식이 그리 반갑지 않은 눈치였다.

"야, 반장님 얼굴도 있는데, 좀 집에서 쉬어라."

"왜? 내가 못 올 데 왔어?"

"정직 먹고도 매일 출근하면 그게 무슨 정직이야?"

"자꾸 정직, 정직하지 마쇼. 안 그래도 요즘 정직하게 살고 있수다."

"그래, 네 똥 굵다."

종식은 슬그머니 천수 책상을 뒤지기 시작했다. 김 형사는 소매치기들의 조서를 꾸미느라 정신이 없었다. 종식은 그의 신경을 분산시키려고 일부러 말을 걸었다.

"형, 나상만이 있잖아⋯."

"왜? 너한테 고소라도 하겠대?"

"그 집 딸내미가 죽었다면서?"

"아, 그래⋯ 그 집 딱하게 됐더라. 나도 반장님한테 들었는데, 상만이 잡혀 들어가고 나서, 그 집 아줌마가 우울증인가 뭔가 병이 생겨서 딸애랑 동반 자살했대. 근데 애만 죽고 애 엄마는 살았다더라."

"우울증?"

"그래, 그 우울증."

김 형사는 아차 싶어서 말끝을 흐렸다. 종식의 아내도 우울증으로 자살하지 않았던가. 김 형사는 무안한 듯 종식의 눈치를 살폈다. 종식의 얼굴이 새하얗게 질려 있었다. 김 형사 말에 충격을 받아서가 아니었다.

천수가 수집한 상만 사건 관련 파일 중에서 그를 경악시키는 것이 나왔다. 천수는 상만이 일했던 공공기관과 학교, 기타 술집들의 약도와 근무 내력, 그리고 심한 우울증을 앓았던 상만의 아내가 치료 받은 정신과 병원들, 그녀에게 투약된 신경안정제와 수면제의 양과 종류, 게다가 상만의 가족 앨범 사진을 모아 놓고 있었다.

종식은 그 중 사진 하나를 집었다. 예슬의 생일 파티를 찍은 사진이었다. 상만과 그의 아내, 예슬이 나란히 얼굴을 맞대고 생일 케이크 촛불을 끄고 있었다.

"뭐야? 무슨 사진이야?"

김 형사가 다가와 물었다.

종식은 느닷없이 자기 책상 서랍을 뒤지기 시작했다. 김 형사는 의아한 얼굴로 그를 바라보았다.

"야, 너 왜 그래?"

종식은 병원에서 가져온 스노볼을 꺼냈다. 생일 파티 사진 속엔 상만이 예슬한테 준 선물도 찍혀 있었다. 그것 역시 스노볼이었다. 투명한 유리구 안에 작은 마을이 있고, 그 마을엔 다정한 세 식구가 눈싸움을 하고 있었다. 종식이 가지고 있던 스노볼은 죽은 예슬의 것이었다.

아빠를 그리워했던 것일까. 스노볼 가족처럼 우리 가족도 함께 모이길 기원했던 것일까.

예슬은 가스 중독으로 죽던 그날 밤, 스노볼을 움켜잡은 채로 잠이 들었고, 구급 대원들에 의해 병원으로 옮겨져 수술을 받을 때까지 그것을 손에서 놓지 않았다.

"뭐야? 뭔데 그래?"

자초지종을 모르는 김 형사가 물어왔다. 답답한 모양이었다.

스노볼 마을에 하얗게 눈이 내렸다. 종식은 말없이 그것을 지

켜보았다. 상만이 했던 얘기가 밤새 소리 없이 내리는 눈처럼 종
식의 마음에 조용히 내려앉았다.

　내 딸이 죽었어! 내 딸을 당신이 죽였다고!

　종식이 자리에 주저앉자 김 형사가 연거푸 물었다.
　"야, 괜찮아? 무슨 일이야?"
　종식의 얼굴은 하얗게 질려 있었다. 그의 마음속엔 상만의 얘
기가 눈처럼 쌓이고 있었다. 계속해서….

　다음 날 아침 천수가 종식 집을 찾아왔다. 아내가 죽고, 민지
를 병원에 입원시킨 이후로 종식은 거의 집에 들어가지 않았다.
가더라도 술만 마시다 잠만 자고 나왔다.
　"선배님!"
　"…."
　"선배님!"
　천수가 종식을 흔들어 깨웠다. 그의 침대 아래엔 마시고 버린
맥주캔이 나뒹굴고 있었고, 안주 삼아 먹었는지 냉동 만두, 갈비
포장지가 어지럽게 흩어져 있었다.
　"선배님, 일어나요!"
　어젯밤 밤새도록 술을 마시다 겨우 잠든 종식은 쉽게 일어날

수 없었다. 힘겹게 눈을 뜬 종식은 천수가 와 있는 걸 보곤 가슴
이 철렁 내려앉았다.

"네가 여길 어떻게?"

기어코 들킨 것인가. 끝난 것인가.

"휴대전화는 왜 꺼놔요? 댁으로 연락했는데 전화도 안 받고.
그래서 찾아왔습니다. 밤새 문도 안 잠그고 주무신 거 알아요?"

체포하러 온 건 아닌 것 같았다. 그럼 왜?

"병원에서 연락이 왔어요. 선배한테 연락이 하도 안 되니까
사무실로 왔더라고요."

"병원?"

민지의 주치의는 조심스럽게 말을 꺼냈다. 진찰실에서 간호사
도 내보냈다. 그러고도 확신이 서지 않는지, 잠시 망설이다가 마
지못해 입을 열었다. 기다리는 종식은 애가 탔다.

"민지 아버님, 공여자 분께서 우리 병원에 계십니다."

"공여자라면?"

"민지한테 심장을 주실 분이요. 그동안 보호자를 찾지 못해
대기 상태였는데, 이번에 보호자를 찾았습니다."

"그게 정말입니까!"

주치의는 고개를 끄덕였다.

"제가 드릴 수 있는 말씀은 여기까지입니다. 원래는 규정상

가르쳐드리면 안 되는데…. 제가 민지 아버님 사정을 모르는 것도 아니고, 남일 같지 않아서 드리는 얘기입니다. 제 말, 무슨 뜻인지 아시죠?"

종식은 지갑을 뒤졌다. 1,000원짜리 몇 장뿐이었다. 급한 마음에 예전에 불법 오락실에서 주운 상품권을 의사한테 주었다. 손때를 타서 상품권은 꼬깃꼬깃했다.

"변변치 못한 건데, 제 성의로 좀 알아주시고…."

민지의 주치의는 당황스럽고, 황당하기도 한 듯 멋쩍게 웃고 말았다.

"아, 아닙니다. 이러려고 말씀드린 게 아닙니다."

"제가 너무 고마워서 그럽니다."

"아무튼, 민지 살릴 수 있습니다. 설득만 잘하면 살릴 수 있어요."

종식은 그 길로 미경을 찾았다. 그러고는 자기가 공여자 보호자를 만나 장기이식을 설득해보겠다고, 미경에게 보호자를 알려달라고 채근했다.

"그러니까 그 보호자가 누구입니까?"

"알려드릴 수 없어요. 규정이에요."

"내 딸 목숨이 달렸어요. 지금 그깟 규정이 대수입니까? 의사 선생님도 알려줬잖아요."

"모르겠어요. 선생님께서 왜 말하셨는지 모르겠지만, 전 동의할 수 없어요."

"미경 씨!"

미경은 말할 수 없었다. 공여자 보호자가 상만인 것을 얘기할 수 없었다.

"제가 설득할게요. 제 일입니다. 저한테 맡겨주세요."

"미경 씨가 모르나 본데, 대한민국에 형사보다 설득 잘하는 사람 없어요."

"글쎄, 안 돼요."

"정말 은혜 잊지 않겠습니다. 예에?"

"민지 아버님, 억지를 부린다고 해결될 일이 아니에요. 아버님이 나서서 일이 될 거였으면, 제가 진작 말씀드렸죠. 저도 아버님만큼이나 민지가 건강해지길 바랍니다. 아버님이 나서시면 일이 더 복잡해질 수 있어요. 한 번뿐인 기회가 영영 날아갈 수도 있다고요."

"…."

"이런 일은 의사보다 제가 더 잘 압니다. 제가 꼭 설득할게요. 그러니 절 믿어주세요."

미경이 결연한 표정으로 종식을 마주보았다. 그가 물러서지 않으면 어쩌나 겁이 일었다. 다행히도 종식은 알겠다며 물러섰다. 그의 표정이 어두웠다. 미경 역시 마찬가지였다.

설득할 수 있다고 큰소리를 쳤지만, 상만을 만나면 무슨 말을
해야 할지 감이 서지 않았다.

절대 악연

병원 원무과에서 상만을 찾았다. 아내의 병원비 문제였다. 아내는 지금까지 5개월하고 20일을 입원하고 치료 받았는데, 누이가 앞서 지불해준 4개월 치 병원비는 고스란히 빚이 되어 상만의 보상금에서 빠져나갔다. 아내는 딸과 자신의 장례식을 부탁한다며 집 보증금과 얼마 안 되는 예금을 변호사에게 맡겼지만 그 일을 전부 치르기엔 턱없이 부족한 금액이었다. 그래서 모자란 금액을 변호사가 지불했고, 그것 또한 빚이 되어 상만의 보상금에서 빠져나갔다. 이것저것 빼고 나니 병원에서 요구하는 입원비를 지불할 수 없었다.

상만은 어떻게든 이번 달 안에 돈을 마련해보겠다고, 원무과장과 일단락을 지었다. 상만이 기댈 곳은 한 군데뿐이었다. 상만은 변호사에게 전화를 걸었다.

—아이구, 나상만 씨. 어쩐 일이십니까. 잘 지내시죠?

막상 변호사의 목소리를 들으니, 돈 얘기를 어떻게 꺼낼지 막막했다.

"예, 덕분에 잘 지내고 있습니다."

—다행이군요. 부인은 좀 어떠십니까? 차도가 있으세요? 제가 좀 찾아뵙고 그래야 되는데, 요즘 정말 눈코 뜰 새가 없어서 본의 아니게 죄송하게 됐습니다.

"아닙니다. 별 말씀을요."

할 얘기가 떨어진 상만은 다음 얘기를 꺼내지 못해 쩔쩔맸다. 다행히 변호사가 먼저 말문을 열었다.

—그나저나 어쩐 일이십니까?

"저… 갑자기 이런 얘기를 꺼내서 죄송합니다만, 제가 지금 상황이 급해서요. 전에 말씀하신 보상금 있지 않습니까?"

—음, 그건 이미 지불된 걸로 아는데요?

"그것 말고, 전에 또 따로 받아낼 수 있는 게 있다고."

—아… 그거요.

상만은 초조하게 변호사의 다음 말을 기다렸다.

—그게 좀 현실적으로 어려울 것 같네요. 그게 말입니다. 상만 씨가 받은 게 정부에서 지급해줄 수 있는 보상금 전부예요.

"하지만 전에 변호사님이…."

─제가 더 받아낼 수 있다고 한 건, 한종식 형사한테 소송을 걸었을 때 얘기예요. 그 인간한테 개인적으로 고소를 해서 피해 보상금을 받아내자는 거죠. 그런데, 그렇게 되려면 한종식 형사가 고의로 사건을 조작했는지, 아니면 정말 어쩔 수 없는 과실이었는지, 이것부터 가려야 되는데, 아직 경찰에서 수사 중인가 봅니다. 지금 당장 우리가 어떻게 해볼 방법은 없어요. 제 말 이해 가십니까?

"……."

─나상만 씨?

"예."

─일단 그 돈은 없는 걸로 생각하세요. 잘되면 좋은 거고, 안되면 어쩔 수 없는 겁니다. 한종식 형사가 지금 징계를 받은 모양인데, 현 상황에 우리까지 나서면 모양새가 좋지 않아요. 이건 제 개인적인 사건입니다만, 꼭 한종식 형사한테 그렇게까지 할 필요는 없지 않을까, 이렇게도 조심스럽게 생각을 해볼 수 있겠네요.

한마디로 불가능하다는 얘기를 변호사는 장황하게 늘어놓았다. 상만은 변호사에게 전화한 것을 후회하며 서둘러 통화를 마쳤다. 종식한테 돈을 뜯어내려고 작정한 사람으로 오인 받았다는 사실이 내내 속상했다. 진작 알았더라면 아예 연락도 하지 않았을 것이다.

그래서일까. 점심시간에 내려간 병원 식당의 밥 냄새가 역하
게 느껴졌다. 밥에서 구린내가 났다. 반찬 냄새도 역해서 참을
수 없었다. 상만은 식당 밖으로 뛰쳐나가 헛구역질을 했다. 눈물
이 핑 돌 때까지 안에 있던 걸 게워냈다.

상만은 밥값으로 꽃을 샀다. 병원 근처 꽃집에서 백합을 팔고
있었다. 아내는 백합의 순수하고 맑은 향을 좋아했다. 백합 몇
송이를 신문지로 싸서 병실에 들어서는데, 처음 보는 여자가 백
합을 한 아름 꽃병에 꽂고 있는 게 보였다. 미경이었다. 상만은
얼떨떨해진 얼굴로 물었다.
"누구신지?"
"아, 예. 환자분께서 백합을 좋아하신다 들어서요."
"네?"
"그거, 이리 주세요. 제가 꽂을게요."
"아내하고 아는 분이신가 보죠?"
미경은 당황한 듯 말을 더듬었다.
"저… 그게 아니라…."
상만은 미경의 대답을 기다렸다.
"그러니까 말이죠."
미경은 옷 사이에 숨겨둔 장기이식 코디네이터 표찰을 만지작
거렸다.

상만은 우물쭈물하는 미경을 바라보았다. 언제 왔는지, 미경이 병실 청소까지 말끔히 해놓은 상태였다. 걸레는 빨아서 볕에 말리고, 식기는 깨끗이 닦아서 종류별로 물이 빠지도록 엎어놓았다. 물수건으로 아내를 씻겼는지, 아내의 얼굴이 뽀얗게 빛이 났다. 그러다 문득 상만은 미경이 테이블에 올려놓고 치운다는 걸 깜박 잊어버린 서류철을 발견했다.

거기엔 아내의 이름과 병력, 가족 관계, 개인 이력, 그리고 심장 이식 사항들이 빼곡하게 정리되어 있었다. 미경은 이와 같은 정보들을 수집하고 분석한 것이 분명했다.

화를 억누르며 서류 페이지를 넘기는 상만의 손길이 점점 빨라졌다. 결국 상만은 바닥에 서류철을 집어던졌다. 서류들이 사방에 흩어졌다.

상만이 미경을 찌를 듯이 쳐다보았다.

"뭘 가지러 왔어?"

미경이 당황한 눈빛을 하며 대답했다.

"네?"

"이 여자 몸에서 뭘 뜯으려고 왔냐구!"

미경은 난감한 나머지 대꾸를 하지 못했다. 그러자 상만이 감정을 억누르며 말했다.

"심장이 필요해?"

"죄송합니다. 먼저 말씀드렸어야 했는데….."

"당신은 이 사람이 하루라도 빨리 죽었으면 좋겠지?"

"죄송합니다."

상만은 사과를 받아줄 기분이 아니었다. 미경이 죄송하다고 허리를 숙였지만, 거들떠보지 않았다. 오히려 미경의 팔뚝을 잡고 아내 앞으로 들이밀었다.

"봐! 보라구!"

"….."

"숨소리가 안 들려? 악착같이 붙들고 있는 게 당신 눈엔 안 보여?"

"저는 그런 뜻으로 한 게 아니라…."

"이 여자, 지금 우리가 하는 얘기 다 듣고 있다고. 말만 못할 뿐이지, 다 듣고 있어!"

"아버님, 심정도 이해하지만, 현실도 인정하셔야 합니다. 지금 아주머님은 뇌사 상태예요. 뇌 전체의 기능이 완전히 멈춘 상태입니다. 다시 말해 모든 자극에 반응도 없고, 스스로 호흡도 불가능해서…."

"나가! 당장 나가!"

어쩔 수 없었다. 미경은 떨어지지 않는 발걸음을 옮겼다. 상만이 미경을 불러 세웠다. 상만은 미경이 사온 백합을 돌려주었다. 선물로 받아달라고 했지만, 상만은 끝내 거절했다.

쾅!

　병실 문이 닫히고, 미경은 복도 밖으로 쫓겨났다. 미경은 땅이 꺼져라 한숨을 내쉬었다.

　천수는 오문수과 성관계를 가졌던 여자들을 추적하고 있었다. 종식 역시 천수의 뒤를 바짝 쫓고 있었다. 종식은 천수가 들어간 술집 밖에서 그를 기다리고 있었다. 천수가 나왔다. 종식은 급히 몸을 숨겼다.

　그때였다. 갑자기 종식의 휴대전화가 울렸다. 종식은 허겁지겁 전화를 받았다. 천수한테 걸려온 전화였다. 바로 옆에서 천수가 종식한테 전화를 걸고 있었다.

　"선배님, 접니다."

　종식은 주변 소음이 들어가지 않도록 휴대전화를 감싸 쥐었다.

　"어, 그래. 웬일이냐?"

　종식은 애써 침착하게 말했다.

　"지금 어디세요?"

　"잠깐 밖이야. 왜?"

　"선배, 술 좀 사주십시오. 언제 시간 괜찮으세요?"

　"너 어딘데?"

　"형님 계신 곳으로 제가 가죠. 형님 어디세요? 댁으로 갈까요?"

　"…"

　당황한 종식은 얼른 답하지 못했다. 머릿속이 복잡했다. 속이 울렁거렸다.

"선배님?"

"너 있는 데로 내가 가지. 언제가 편하냐?"

천수는 자기가 잘 가는 대포집으로 약속 장소를 잡았다. 종식은 천수가 출발하는 것을 확인한 뒤, 차에 올랐다. 이곳에서 멀지 않은 곳이었다. 종식은 시간을 확인했다. 시차를 두고 출발할 필요가 있었다.

왜 천수가 보자고 하는 걸까. 사건의 단서라도 잡았나? 놈의 머릿속을 예측할 수 없기에 애가 탔다. 일단 부딪혀보는 수밖에 없었다. 약속 장소로 차를 모는 동안, 종식의 마음은 내내 혼란스러웠다.

천수는 연거푸 소주잔을 들이켰다. 종식은 그의 빈 잔에 술을 채워주었다. 불콰하게 취한 천수가 말했다.

"선배, 예전에 마포 부녀자 연쇄살인 사건 혹시 기억하십니까?"

"왜 모르겠냐, 내 사건인데. 그때가 97년인가…."

"98년 10월입니다."

"…."

"저, 그 사건 때문에 형사되기로 마음먹었더랬습니다. 모르셨죠?"

"…."

"정확히 말하면 TV에 나온 선배 보고 완전 뻑 가서."

종식은 싱겁다는 듯이 피식 웃었다.

"술이나 마셔라."

"농담 아닙니다. 진짜예요!"

종식도 그 사건을 기억했다. 대낮에 부유한 상류층 가정집에 침입하여 금품을 훔친 뒤, 가정주부를 성폭행하고 살해하는 사건이 연달아 일어났다. 사건이 일어난 관할구는 달랐지만, 사건 현장에서 발견된 체액과 음모를 분석해보니 동일 인물임이 드러났다. 연쇄살인이었다. 그날부로 부녀자 연쇄살인 수사본부가 꾸려졌고 종식도 합류되었다.

신출귀몰한 놈을 잡기 위해 경찰은 대규모 인력을 투입했지만 별다른 효과를 거두지 못했고 각종 언론매체는 경찰의 무능한 수사력을 질타했다. 종식은 유일하게 사건 현장에서 살아남은 부녀자를 주목했다. 그녀 역시 살해될 뻔했지만, 마침 그날 택배기사가 그녀의 집을 방문한 덕분에 구사일생으로 목숨을 건질 수 있었다. 종식이 보기에 사건 용의자는 반드시 되돌아와 그녀를 살해할 것 같았다.

근거가 있었다. 종식은 사건 용의자가 보복 살인을 한다고 보았다. 결손 가정에서 불우하게 자란 용의자는 부유층에게 적의를 갖고 있었고, 특히 어렸을 때 자기를 버리고 재가한 어머니를 증오하고 있었다. 그래서 어머니뻘 되는 여자를 강간하고 살해했다.

　종식의 형사생활 경험상 용의자가 감정을 갖고 살인할 경우 그 감정이 풀리지 않으면 절대 그 살인을 멈추지 않았다. 종식은 수사본부에 함정수사를 제안했다. 일부러 피해자의 도피처를 언론에 실수처럼 슬쩍 알려주고 잠복했다가 놈을 잡자는 의견을 냈지만 작전이 너무 위험하고 인권 침해의 우려가 있다는 이유로 무시되었다.

　하지만 종식은 독단적으로 계획을 실행했다. 평소 알고 지내던 신문기자에게 노골적으로 피해자의 은신처 정보를 흘렸다. 그러곤 늑대가 산양을 잡듯이 몇 달이고 끈질기게 은신처 주변에서 놈을 기다렸다.

　결국 놈은 나타났고, 종식은 놈을 때려잡았다. 경찰은 1년 반만에 연쇄살인범을 체포하는 개가를 올리고 언론의 스포트라이트를 받았지만 종식은 3개월 정직처분을 당했고, 보수의 3분의 2를 감봉당했다. 그런데 이를 알아낸 지방의 한 방송국 PD가 종식을 인터뷰했다. 그는 여러 가지를 물었다. 당시 작전의 적법성을 묻는 질문이었다.

　종식은 한마디로 일축해버렸다.

　"법? 난 그런 거 모릅니다. 잡아야 될 놈만 잡을 뿐입니다."

　이것이 뉴스가 되어 방영된 뒤, 종식은 사람들의 질타를 받았다. 덕분에 종식의 정직 기간은 3개월이 추가되었다. 지금 돌이켜 생각해보면 그것은 젊은 날의 객기였다. 세상을 향한 울분이었다.

종식은 그때를 떠올리며 피식 웃었다.

"그때, 선배 진짜 멋졌습니다. 지금도 선배 같은 형사가 되는 게 목표예요. 선배도 아시죠? 제 아버지 변호사에, 할아버지는 판사, 그리고 외삼촌은 검사. 이런 집안에 살다 보니 어느덧 나도 모르게 법 공부를 하고 있더란 말입니다."

천수가 말을 이었다.

"학교야 남들 다니는 거니까 꾸역꾸역 다녔죠. 그런데 말입니다. 빌어먹을, 사법고시에 세 번 떨어지고 일은 안 풀리고 이러니까 문득 내가 왜 사나? 그런 거예요. 그때는 진짜 너무 답답해서 달리는 차에 확 뛰어들고 싶었단 말입니다. 근데 더 웃긴 건 뭔지 아세요?"

"그만 마셔라. 취했다."

"막상 딱! 시험에 합격하니까 더 앞이 캄캄한 거야. 그 전엔 합격해야 된다고, 집안 망신시키면 안 된다고, 죽을 둥 살 둥 했는데, 그게 딱 돼버리니까… 나는 뭐지? 이러더라 말입니다. 근데, 그때 선배가 그랬잖아요. 법? 나, 그런 거 모릅니다. 아, 멋져! 진짜 멋졌어. 답답한 내 인생이 한 방에 탁 풀리는 거예요. 내가 원하는 건 이런 게 아니다, 백날 법전 들고 파봤자 무슨 소용이야, 나도 몸으로 뛰자, 인생을 느껴보자, 이런 게 막 생겨서…"

“아주머니, 여기 얼마입니까?”

종식은 술값을 계산했다. 녀석을 집에 보낼 생각이었다. 그때였다. 천수가 종식의 소매를 꽉 움켜쥐며 말했다.

“그래서 제가 나상만 사건에 매달리는 겁니다.”

“…”

“서에서 이상한 소문 도는 거, 저도 아는데 제가 아는 선배님은 절대 그럴 사람이 아닙니다. 진범 잡아서 제가 불명예 씻겨드릴게요. 저만 믿으세요.”

술에 취한 천수는 테이블에 얼굴을 처박고 잠이 들었다. 코까지 골고 있었다. 종식은 테이블을 정리하러 온 아주머니에게 잠시만 더 있겠다고 말했다. 그러곤 혼자서 술잔에 술을 따랐다. 단숨에 술잔을 비웠다. 종식은 쓸쓸한 눈빛으로 천수를 쳐다보았다.

술에 취한 천수를 택시에 태워 집에 보냈다. 3차까지 마시자고, 자기가 사겠다는 걸 겨우 말려 돌려보냈다. 종식은 대리기사를 불러 집에 왔다. 값을 치르고 기사를 돌려보냈다. 술기운 때문에 머리가 어지러웠다. 비틀거리며 집에 들어서는데, 문득 등 뒤에서 살기가 느껴졌다. 종식은 가던 길을 멈추었다.

“이봐, 나상만 씨.”

“…”

가로등 불빛을 피해 있던 상만이 모습을 드러냈다.

"다신 보지 말자 했을 텐데."

"내 아내를 살리려고 왔다."

종식이 뒤돌아섰다. 그는 상만을 쳐다보았다. 상만이 말했다.

"나, 그 사람 살려야 돼. 그 사람 입에서 산소 호흡기 떼는 날엔 너나 나나 둘 다 죽어. 그러니 네 놈이 날 좀 도와줘야겠다."

종식은 실소했다.

"그래서 지금 날더러 병원비를 내달라고?"

"내 지난 세월, 잃어버린 가족! 보상 받아야겠다."

"마음대로 하쇼."

"….."

종식은 호주머니에서 집 열쇠를 꺼내주었다.

"들어가서 돈 될 만한 거 있으면 당신 다 가져. 미안하지만 예금 통장이나 청약 이런 건 없수다. 까먹은 지 오래됐거든."

상만이 달려들어 종식의 멱살을 쥐었다.

"네 놈은 죄책감도 없는 거냐? 미안한 마음도 없는 거냐고! 네 놈 때문에 우리 예슬이가 죽었고, 내 마누라가 식물인간이 됐어!"

"죄책감? 난 그런 거 없어."

"뭐?"

"죄책감이 있었으면…. 난 지금 이렇게 못 살아. 살려고 버렸어. 그 딴 거는."

"나쁜 놈."

상만은 근처에 있던 철근더미를 들었다. 종식을 찍어 죽이고 싶었다.

종식은 표정 하나 변하지 않고, 상만을 노려보았다.

"당신, 사람 죽여봤어?"

"…."

"당신은 사람 못 죽여."

"닥쳐!"

"내가 당신 같은 사람 한두 번 겪은 줄 아나? 당신은 천성이 더럽게 착한 인간이야."

"…."

"아무리 지랄을 떨어도 천성은 안 변해. 딴 놈은 변해도 당신은 안 변해. 아니, 못 변해."

상만은 철근더미를 풀썩 내려놓았다. 종식은 한심하다는 얼굴로 상만을 쏘아보고는 집에 들어갔다.

홀로 남겨진 상만은 고개를 가슴에 묻고, 긴 한숨을 내쉬었다.

총

상만은 물수건으로 아내의 얼굴을 씻기고는, 머리도 빗겨주었다.

"자, 봐. 여보. 예쁘지?"

상만은 아내에게 거울을 비춰주었다. 아내는 말이 없었다. 상만은 그녀의 손을 잡았다. 아침 일찍 약속이 있어서 그녀 곁을 지킬 수 없었다. 상만은 아내를 두고 병실을 나섰다. 출소한 이래 아내와 이렇게 장시간 떨어진 건 처음이었다. 눈길이 떨어지지 않는지, 상만은 혼자 있는 아내를 한참 동안 바라보았다.

상만은 그가 수감되었던 교도소를 찾았다. 그때의 그 살풍경은 여전했다. 교도소의 높은 담벼락은 하늘마저 갈라놓고 있었다. 상만은 혹시 아는 사람을 만날까 두려워 옷깃을 세웠다. 바람이 쌀쌀했다. 얼마나 기다렸을까. 교도소 문이 열리고, 출소자들이 나왔다.

군용 더플백을 어깨에 멘 기복이 보였다. 기복은 상만이 왔을 거라곤 꿈에도 생각하지 못하고, 사람들을 헤치고 지나가는데 문득 낯익은 얼굴을 본 것 같아 설마 하며 뒤돌아보았다. 상만이 보였다. 쓸쓸했던 그의 얼굴이 환하게 피었다.

"형!"

상만이 달려드는 기복을 안았다.

"죽이네!"

기복은 애들처럼 입 언저리를 더럽혀가며 게걸스럽게 자장면을 먹어치웠다. 벌써 곱빼기로 두 그릇째였다. 중국집 배달원이 포장마차까지 자장을 실어 날랐다. 자장면은 기복이 수감되어 있을 때 제일 먹고 싶어하던 음식이었다.

"형은 왜 안 드세요?"

기복이 단무지를 씹으면서 물었다.

"내 것도 먹어라. 나는 너 먹는 것만 봐도 배부르다."

"에이, 형. 내가 무슨 가축이유? 또 먹게?"

그렇게 농을 치면서도 기복은 상만의 자장까지 말끔히 비웠다. 상만은 연방 소주잔만 비웠다.

"많이 먹어라."

"대들었다고 형님이 나하고 연 끊은 줄 알았잖아."

상만은 묵묵히 잔을 채웠다.

"왜 나갈 때 말 안 했어?"

상만은 대답 대신 소주잔을 털어 넣었다. 당시에는 기복의 마음까지 헤아릴 여유가 없었다. 기복은 그런 상만의 마음을 알겠는지 쓸쓸한 표정을 지었다.

"이제라도 무죄가 밝혀져서 다행이네."

"달라지는 건 없어."

"무슨 소리요?"

"한번 죄인이면 관 뚜껑 덮는 날까지 유죄인 나라잖냐?"

기복은 가슴이 먹먹해서 상만을 처다보았다. 상만은 쓴 얼굴로 술잔을 비우고 있었다. 기복이 상만의 술잔을 빼앗았다.

"그만 마셔. 술도 못하는 사람이…."

상만은 술기운에 붉게 충혈이 된 눈으로 기복을 바라보았다.

"기복아. 너, 나랑 같이 갈 데가 있다."

상만이 종식과 인질극을 벌였던 그 빌딩 옥상이었다.

상만은 불붙이지 않은 담배를 물고 허공을 바라보았다. 자신의 결백을 밝히기 위해서 목숨 바쳐 울부짖었던 그날의 서슬 퍼런 울분이 솟구쳐 올라 온몸에 한기가 돌았다.

기복은 문득 상만을 바라보았다. 상만은 그때를 생각하고 있는지 눈빛이 흔들거리고 있었다. 기복은 상만의 담배에 라이터 불을 붙여줬다.

"종식, 그 놈은 어떻게 지낸대?"

"정직이란다."

"쳇."

기복도 담배를 물었다.

"남의 식구들, 한 방에 말아먹고 고작 정직이야?"

"…."

"형, 내가 전에 말했지? 내가 복수해줄게."

"아니다."

그 말에 기복이 발끈하여 소리쳤다.

"아니라니, 뭔 소리야?"

상만은 말없이 담배 연기를 내뿜었다.

"아직도 부처 같은 소리가 목구녕에서 나와? 그놈이 인생을 망쳐놨는데? 말도 안 되는 일이 벌어졌는데!"

"…."

"형은 바보야? 감정이 없어? 화도 안 나?"

허공을 바라보던 상만이 기복에게 눈길을 돌렸다. 그러곤 말했다.

"네가 날 돕는 거다."

기복은 놀라서 상만을 쳐다봤다. 그의 말을 이해할 수 없었다.

상만은 쐐기를 박듯 결연한 표정으로 입을 열었다.

"그 자식 숨통, 내가 끊는다."

기복은 충격으로 얼굴이 멍해졌다.

"진짜야? 진심이야?"

상만은 고개를 끄덕였다.

"형이 사람 죽일 수 있겠어?"

"…."

"그래, 형 마음은 알겠어. 하지만 이런 일은…."

그때였다. 상만이 기복의 말을 잘랐다.

"내가 한다. 알겠어? 내가 한다고!"

상만은 핏발 선 눈동자로 기복을 쏘아보았다. 기복은 마지못해 고개를 끄덕였다.

그래서 무엇으로 종식을 죽일 것인가. 칼은 위험했다. 숙달된 기술자가 아니고는, 오랜 강력계 생활로 육탄전에 명수가 된 종식을 죽일 수 없었다. 방법은 하나뿐이었다.

총이었다.

다만, 어디서 구할지가 문제였다. 기복이 판매처를 알아본다고 했다.

그리고 일주일이 흘렀다. 기복이 상만을 찾아왔다. 병원으로 오겠다는 걸 굳이 말렸다. 상만과 기복이 함께 만난 사실을 세상에 노출시켜서 좋을 게 없었다. 살인 사건 재판 과정에서 깨달은 것이었다. 알리바이는 사람을 살리기도 하지만, 죽이기도 했다. 신중하게 행동해야 한다.

기복이 말했다.

"인천 차이나타운 골목에서 조선족 사람과 줄이 닿았어. 500만 원이면 쓸 만한 놈으로 넘기겠대."

상만이 물었다.

"장소는?"

"인천 제5부두 물류창고 앞."

"언제 만나기로 했는데?"

"오늘 밤."

상만이 난감한 표정으로 재차 물었다.

"오늘?"

"왜? 돈 없어?"

상만은 남은 돈을 긁어모았다. 통장에 630만 원이 있었다. 아내의 병원비에 쓸 돈이었다. 상만은 인출한 돈뭉치를 보고 상념에 잠겼다. 과연 이게 옳은 선택인가.

기복이 말했다.

"형, 지금이라도 못 하겠으면 말해. 취소하면 되니까."

"아니다."

"형수 병원비야. 잘 생각해."

"그 사람들 몇 시에 보기로 했냐?"

달도 뜨지 않은 칠흑 같은 밤이었다. 인기척이 끊긴 부둣가에는 작은 고깃배들이 일렬로 묶여 있었다. 바람이 심했다. 출렁이는 파도에 고깃배들이 부딪히면서 둔탁한 소리를 냈다. 상만은 손목시계를 확인했다. 자정이었다. 그들은 보이지 않았다.

기복은 어딘가로 전화를 걸었다. 그들에게 전화를 건 모양이었다.

"형, 거의 다 왔대. 이제 올 거야."

상만은 고개를 끄덕였다.

"얼굴 좀 풀어."

"…."

긴장으로 상만의 얼굴이 굳어 있었다. 돈뭉치가 든 가방을 두 손으로 꽉 움켜쥐었다. 기복은 걱정하지 말라고 했지만, 괜히 돈만 빼앗기고 총을 사지 못할까 봐 두려웠다. 조마조마했다. 겨드랑이에서 식은땀이 주르르 흘렀다.

그때였다. 멀리서 승용차 한 대가 미끄러지듯 나타났다. 상만은 차량 불빛이 너무 강렬해서 눈을 감았다. 차는 상만과 기복 앞에서 멈춰 섰다. 덜컥, 차문이 열렸다. 선글라스를 쓴 사내가 타라고 손짓했다. 이목구비가 한국 사람이 아니었다. 상만은 걱정스런 얼굴로 기복을 쳐다봤다.

“타자, 형.”

상만은 본능적으로 주저했다.

“걱정하지 말라니까. 얼른 타. 이 놈들 아지트에서 맞바꾸기로 했어.”

상만은 차에 올랐다. 선글라스 사내가 안대를 줬다. 그는 알아들을 수 없는 언어로 말했다. 그걸 쓰라는 것 같았다. 상만은 안대를 찼다. 어둠이 일어났다. 한 치 앞도 가늠할 수 없는 어둠이 상만을 가로막았다.

한참을 달렸다.

차는 이곳저곳 마구 핸들을 틀며 운전하는 것 같았다. 상만은 이곳이 어디쯤일까 생각했다. 왔던 길을 떠올리며, 그들이 가고 있는 곳을 그려보았다. 헛수고였다. 생각하면 할수록 상만의 감각은 방향을 잃었다. 얼마나 달렸을까. 사내가 상만을 차에서 끌어냈다.

그는 알아들을 수 없는 언어로 상만에게 뭔가 지시했다.

“기복아, 애네들 지금 뭐라고 하는 거냐?”

상만이 물었다. 기복은 대답이 없었다. “억!” 하는 신음 소리가 날 뿐이었다.

“기복아!”

상만은 안대를 풀려고 했지만, 갑자기 옆구리에 경련이 일었다. 무릎이 꺾이고, 입술 사이로 비릿한 핏물이 흘러 들어왔다.
그는 폭행당하고 있었다. 상만은 돈 가방을 움켜쥐었다. 놈들이
상만의 손을 짓밟았다. 머리통을 걷어찼다. 울컥하고 입속에서
핏덩이가 쏟아졌다. 헛구역질이 올라왔다.

놈들은 신음하는 상만의 손에서 가방을 빼앗았다. 그러곤 상
만을 일으켜 세웠다. 걸으라고 하는 것 같았다. 상만은 절뚝거리
며 계단을 올랐다. 비틀거릴 때마다 놈들은 사정없이 상만을 후
려갈겼다. 상만은 의자에 묶였다.

잠시 뒤, 놈들이 안대를 풀어줬다. 강렬한 빛이 쏟아져 들어와
상만은 눈살을 찌푸렸다. 그곳은 지하 밀실이었다. 쾨쾨한 곰팡
내가 코를 찔렀다. 금방이라도 무너질 듯 금이 간 시멘트벽에 손
바닥 모양으로 핏자국이 찍혀 있었다. 공포가 일었다.

"기복이… 나랑 같이 온 사람은 어디 있습니까!"

놈들은 알아듣지 못하는 것 같았다. 그들은 누군가를 불러왔
다. 한국 사람이었다. 그는 다짜고짜 상만의 뺨을 후려갈겼다.

"바른 대로 말해. 너 이 새끼 여긴 왜 왔어?"

어안이 벙벙해진 상만은 한참을 두들겨 맞고서야 간신히 대답
했다.

"초… 총 사러 왔습니다."

한국 사람은 상만을 걷어찼다.

"웃기고 있네."

"…."

"너, 경찰 끄나풀이지?"

"아닙니다. 정말 아닙니다."

"그래서 기복이 놈이랑 붙어먹고 여기까지 흘러온 거 아냐."

"기복이 지금 어디 있습니까?"

"모르나 본데, 그 새끼 경찰 끄나풀이라고 이 바닥에 얼굴 다 팔렸어. 걔 잡고 싶어서 안달난 애들이 어디 한둘인 줄 알아?"

"난 그냥 총을 사러 왔습니다."

"총을 사러 오셨다?"

한국 남자는 상만의 대답이 어처구니가 없는지, 피식 웃었다.

"좋아. 언제까지 버틸 수 있는지 보자고."

남자는 호주머니에서 칼을 빼들었다.

"마지막으로 묻겠다. 누가 보냈어?"

상만은 무서워서 눈물이 나려고 했다.

"어이, 아저씨. 말 안 한다고 당신이 무슨 독립투사라도 되는 줄 알아? 어디 그래, 끝까지 말하지 않으시겠다? 귓구멍이 막혔나 본데 내가 어디 한 번 뚫어줘?"

그는 한 손으로 상만의 귀를 잡더니 칼날을 내리 그으려고 했다. 상만의 귀가 잘려나갈 위기의 순간, 밀실의 문이 열렸다.

외국인이 뭐라고 말했다. 그러자 한국 남자는 칼을 멈췄다. 그리고 아쉬운 듯 상만을 쳐다봤다. 그는 겁에 질린 상만의 얼굴을 탁탁 두드렸다.

"당신, 운이 좋네. 응?"

외국인들이 상만을 의자에서 풀었다. 그러곤 다시 안대를 채웠다.

상만은 주변을 둘러보았다. 외국인들은 멀리 바다가 내다보이는 작은 별장에 상만을 내려놓고 사라졌다. 잠시 뒤, 아주머니가 나타나 상만에게 차를 대접했다. 두들겨 팰 땐 언제고, 이제 와서 차 대접이라니. 상만은 당황해서 어쩔 줄을 몰랐다.

"식기 전에 들어요."

어디선가 나이 많은 여자 목소리가 들렸다. 상만을 고문했던 한국인이 휠체어를 밀고 나타났다. 휠체어엔 백발이 성성한 노파가 다소곳하게 앉아 있었다. 가을인데도 추위를 느끼는지 노파는 무릎에 담요를 덮고 있었다.

노파는 손짓으로 사람들을 내보내고 상만과 단둘이 남게 되자 말문을 열었다.

"복수 때문에 총을 구한다고 들었는데…."

"…."

"복수는 복수를 부르는 법이야. 해결책이 아니지."

노파는 휠체어에서 일어나려고 했다. 상만이 그녀를 부축했다. 그녀는 상만의 손등을 어루만졌다.

"가엾은 사람. 이 손은 사람 죽일 손이 아니야."

"이미 사람 죽였다고, 감옥까지 갔다 온 놈입니다."

"자네 얘긴 애들한테 들었어. 그래서 당신을 살려두라고 했지."

"저랑 같이 온 사람은 어떻게 됐습니까? 그 녀석은."

"이기복, 그자는 오늘 당신 덕분에 살았어. 그러니 걱정하지 말게."

"…."

"세상천지에 억울한 사람은 세고 셌어. 하지만 그 사람들이 다 복수를 하진 않아. 사람은 아무나 죽이는 게 아니라고."

"그놈도 저한테 그렇게 말했습니다."

노파는 잠시 생각에 잠긴 듯 먼 허공을 바라봤다. 바다가 보였다. 출렁이는 파도가 맹렬한 기세로 달려와서는 바위에 머리를 들이박고 하얗게 부서지고 있었다.

노파는 혼잣말을 중얼거리듯 말했다.

"그렇다면… 죽여도 좋겠지."

노파는 아들을 바라보듯, 상만의 얼굴을 바라봤다.

"놈을 죽이면 자네는 다시 감옥행이야. 각오는 되어 있겠지?"

"다시 감옥에 들어갈 마음은 없습니다."

그 말에 노파는 가슴이 저린 듯 한숨을 쉬었다.

"그래, 자식을 가슴에 묻은 아비를 그 누가 말릴 수 있겠나."

상만은 노파의 별장에서 나왔다. 기다리고 있던 수하들이 기복이 묶여 있는 곳으로 안내했다. 기복은 엄청 두들겨 맞았는지, 눈이 퍼렇게 멍들고 입술이 터져 있었다. 기복은 상만을 보곤 눈이 휘둥그레져 달려들었다.

"형, 이게 어떻게 된 거야?"

"여기서 나가자."

"미안해, 형. 괜히 나 때문에…. 수감된 사이에 나도 모르게 글로벌 스타가 됐네."

"괜찮아."

"돈은? 우리 돈은?"

상만은 호주머니에서 권총을 꺼냈다. 기복은 흠칫 놀라 상만을 쳐다보았다.

권총 약실에 탄환을 집어넣고 장전하는 상만의 얼굴에 깊이를 알 수 없는 수렁이 보였다.

상만은 병원에 돌아왔다.

아내의 병실은 가습기의 습기로 눅눅했고 무거웠다. 컴컴한 병실엔 수면등 불빛만 은은하게 비치고 있었다. 상만이 떠날 때 그 모습 그대로였다. 하지만 상만은 그것이 상당히 낯설게 보였다. 다시는 돌아갈 수 없는 과거로 느껴졌다. 상만은 의자에 주저앉았다. 그러고는 아내를 바라보았다.

“지영아.”

아내는 말이 없었다.

“네가 왜 죽지 못하고 살아 있는지 이제 알겠다.”

“….”

“넌 살아 있는 게 아니야. 벌을 받고 있는 거지.”

“….”

“예슬이를 죽이고, 혼자 살아남은 벌.”

“….”

“그래, 알아. 벌은 내가 받아야 돼. 그런데 네가 대신 받고 있는 거지.”

“….”

“예슬이를 죽여놓고, 우리가 무슨 낯짝으로 이렇게 살아 있는지 모르겠다.”

상만은 권총을 꺼내 아내 머리맡에 두었다.

“우리 당당하게 예슬이 다시 만나자.”

통화내역

민지는 미술 치료를 받고 있었다.

정신과 의사들은 민지가 그린 그림을 토대로 아이의 심리 상태를 진단하고, 필요에 따라서 심리 상담과 투약을 병행하고 있었다. 종식은 민지처럼 미술 치료를 받는 아이들의 그림을 보았다. 다들 하나같이 병적인 구석이 있었다.

집이 불타고 있지만 문이 없어 도망치지 못하는 식구들 그림, 땅에 거대한 구멍이 있어서 하늘에서 내린 비가 우물에 들어가지 못하고 구멍으로 다 새어버리는 그림, 열매가 주렁주렁 탐스럽게 열렸지만 뿌리가 없어 곧 쓰러질 나무 그림 등 하나같이 아픈 그림들이었다. 순진무구한 아이들에게 누가 이런 아픔을 가르쳐주었는가.

　어른들의 굴곡 있는 삶의 그림자가 아이들의 영혼까지 잠식한
걸 보니, 문득 민지 생각에 종식은 마음이 어지러웠다. 민지 또
한 종식의 그림자를 떠안고 있는 것이 아니던가.

“민지 아버님 오셨습니까?”

　정신과 의사가 종식을 반겼다. 종식은 그에게 목례했다. 정기
적인 치료 상담이 있는 날이었다. 의사는 치료 아동의 상태에 대
해 설명하고, 부모가 해야 하는 역할을 설명해줬다. 의사는 도화
지 한 장을 꺼냈다.

　“민지가 그린 그림입니다.”

　종식은 겁이 났다. 파편으로 쪼개진 아내를 보고 비명을 질렀
던 민지가 떠올랐다. 그걸 그렸을까. 아니면 피바다에서 둥둥 떠
다니는 제 어미의 머리를 그렸을까. 차라리 이 자리를 피하고 싶
었다. 아이의 마음을 들여다보는 것이 고통스러웠다.

　“아버님, 보셔야 합니다. 보세요.”

　종식은 고개를 들었다. 눈을 뜨고 민지가 그린 그림을 보았다.
민지는 아무것도 그리지 않았다. 그냥 하늘색 크레파스로 도화
지 전면을 가득 채웠을 뿐이었다.

　종식이 뜨악한 얼굴로 의사에게 물었다.

　“이게 무슨 뜻입니까?”

　“저희도 지금 분석 중에 있습니다. 자폐아들이 좋아하는 색이

172

하늘색이라, 민지가 자폐 상태까지 내려간 것인가, 의심하고 있지만 일반적인 학설은 아니니까 미리부터 걱정하실 필요는 없습니다. 더 지켜봐야 합니다."

"…."

"그래도 일단, 뭔가를 표현하려는 의지가 있다는 것. 그게 중요하죠."

"그럼, 이제 민지를 봐도 되는 겁니까?"

의사는 대답하기 곤란한 듯 잠시 망설였다.

"사실, 오늘 그래서 민지 아버님을 뵙자고 했습니다. 민지는 그 어떤 때보다 부모님이 필요합니다. 사랑과 관심이 필요하죠. 민지의 마음속 깊은 내면에서도 그걸 요구하고 있을 겁니다. 하지만 민지 아버님도 아시다시피, 아버님은 그애 상처와 맞물려 있어요. 아버님은 민지를 가장 확실하게 치료할 사람이지만, 동시에 가장 확실하게 그애를 파괴할 수 있는 사람이기도 합니다."

종식은 가슴이 무너지는 것 같았다.

"결국, 안 된다는 말씀인가요?"

"치료가 더디더라도, 당분간은 민지를 보지 않는 게 좋을 것 같습니다."

"…."

"죄송합니다. 저도 오늘만큼은 좋은 결과로 뵙고 싶었는데,

경과 진행이 제 마음처럼 안 되네요."

종식은 허탈해진 얼굴로 한숨을 쉬었다.

"민지는 지금 어디 있습니까?"

민지는 치료실에도, 병실에도 없었다. 종식은 간호사를 붙들고 물었다.

"우리 민지 못 보셨습니까?"

"김미경 선생님하고 옥상에 올라갔을 거예요."

종식은 옥상에 올라갔다. 미경과 민지가 나란히 누워 푸른 가을 하늘을 올려다보고 있었다.

미경이 말했다.

"어때, 민지야? 네가 좋아하는 하늘색이야. 실컷 봐. 어때, 좋니?"

민지는 무표정한 얼굴로 하늘을 보고 있었다.

갑자기 미경은 하늘을 가리키며 호들갑을 떨었다.

"저기 봐. 비행기다, 비행기!"

"…."

"민지야, 저기엔 누가 타고 있을까? 저 비행기는 어디서 오는 걸까?"

"…."

"민지는 비행기 타본 적 있니?"

미경이 말을 이었다.

"언니는 옛날에 딱 한 번 타봤어. 진주에서 서울 가는 비행기였지. 민지야. 너, 그거 아니? 언뜻 보기엔 하늘이 평평해 보이지? 그런데 하늘에도 높낮이가 있다. 하늘이 되게 울퉁불퉁해. 어머, 너 믿지 않는구나. 정말이야. 비행기가 공항에서 이륙하니까 하늘로 막 올라갔어. 근데 어느 정도 가다 보니까 계속 내려가더라. 그리고 서울이 나왔어. 그래서 언니는 알았지. 하늘은 산처럼 올라갔다 내려오는 거구나 하고."

"…."

"너, 또 그거 아니? 그런데 밤하늘은 바다야."

"…."

"밤하늘은 낮처럼 높낮이가 없어. 바다처럼 무한정 깊을 뿐이래. 그래서 밤하늘을 날아다니는 비행기는 물고기처럼 자유롭게 수영을 한대. 그 밤하늘엔 밤새도록 파도가 치는데, 그것이 밀리고 밀리면 다음 날이 되는 거야. 되게 신기하지 않니?"

"…."

"민지야, 언제 언니랑 수영하러 갈래? 어때, 좋아?"

미경은 종식이 바라보는 것을 모르고, 민지에게 한참 동안 말을 걸었다.

종식은 그녀를 부르지 않고 조용히 물러났다. 종식은 병원 나오는 길에 차를 멈추고, 잠시 하늘을 바라봤다. 민지가 바라보는 하늘도 이처럼 맑고, 투명하길 종식은 간절히 바랐다.

　그때였다. 천수에게서 연락이 왔다.

　"선배, 지금 얼른 경찰서로 오세요!"

　종식은 다급하게 강력반 회의실에 뛰어들었다. 천수가 슬라이드를 준비하고 있었다. 종식은 숨을 몰아쉬며 물었다.

　"무슨 일이야?"

　"제가 오늘 굵직한 거 몇 개 건졌어요."

　단서라도 잡았다는 것인가? 종식의 가슴이 철렁 내려앉았다.

　천수는 '딸깍 딸깍' 하고 슬라이드 필름을 넘기기 시작했다. 죽은 오문수의 CCTV에서 추출한 용의자의 모습이 보였다. 종식이 말했다.

　"이건 전에 본 거잖아."

　"끝까지 보세요. 예전엔 이걸 확대하면 화소가 깨졌거든요? 근데, 제 후배 중에 사진 쪽에 빠삭한 녀석이 있어서 의뢰를 했단 말입니다. 보세요, 확대해도 잘 보이죠?"

　종식은 눈을 부릅떴다. 용의자가 선명하게 확대되어 보였다. 비록 얼굴은 모자를 눌러써 알아볼 수 없었지만, 놈의 팔뚝 문신은 확실하게 보였다. 전갈이 심장을 휘감은 섬뜩한 문신이었다. 천수가 말했다.

　"베트남 범죄조직 '파이쏸' 애들 문신이에요. 용의자가 베트

176

남 사람이니까 지문으로 걸러내지 못한 거죠."

"계속해봐."

"원래 베트남타운 등지에서 자국인 상대로 도박판을 벌이는 애들인데 지금처럼 조직력을 갖추기 전에 들어왔던 애들은 청부 살인도 했나 봐요."

종식은 용의자의 확대된 문신을 골똘히 들여다보았다. 그의 눈빛이 불안하게 흔들렸다. 천수가 말했다.

"그리고 황 사장이란 사람의 통화내역은 몇 시간 안에 나올 거예요."

종식은 소스라치게 놀랐다. 녀석의 입에서 '황 사장'이 거론될 줄은 예상하지 못했다. 종식은 애써 황 사장을 모르는 척, 시치미를 떼고 물었다.

"누구?"

"황 사장이라고, 요새 한참 크고 있는 놈이에요. 사채에 불법 오락까지 문어발 경영에 안 하는 일이 없는데, 예전에 죽은 오문수한테 채무 관계로 협박 좀 했나 봐요. 제가 보기엔 그놈이 베트남 애를 고용한 것 같은데 아직은 추정하는 단계라…."

천수는 사건 퍼즐을 얼추 맞춰가고 있었다. 황 사장까지 왔으니, 몇 발자국만 더 가면 다음은 종식 차례였다. 시간이 없었다. 종식은 점퍼를 걸쳤다.

"통화내역 나오면 바로 연락해라."

"어디 가시려고요?"

종식은 대꾸 없이 급히 나갔다.

황 사장은 오늘 중요한 사업 미팅이 있었다. 그는 유령 건축회사를 차려놓고 재개발 사업에 뛰어든 다음, 사업권을 따내 그것을 다시 프리미엄을 얹어 다른 회사에 하청을 주면서 오는 시세 차익을 얻으려 했다.

정부가 주도하는 대규모 토목공사 때문에 전국의 잠자고 있던 지방 땅값이 널뛰기하듯 치솟고 있었다. 황 사장이 이런 좋은 기회를 놓칠 리 없었다. 그러나 이 계획을 성공시키기 위해선, 일단 건축회사의 허가가 필요했다. 황 사장은 허가 도장을 찍어줄 도청 공무원들을 모시고 호화 룸살롱을 찾았다.

고급 호스티스들을 불러놓고 부어라 마셔라 한참 진탕 놀고 있는데, 별안간 밖에서 우당탕탕 소리가 났다. 종식이 문짝을 걸어차며 안에 들어섰다. 그가 들고 있는 쇠파이프에서 새빨간 핏물이 후드득 떨어졌다. 업소 아가씨들이 비명을 지르며 뛰쳐나갔다. 종식은 칵 하고 가래침을 내뱉었다.

"황 사장 빼놓고 전부 나가."

당황한 황 사장이 소리를 질렀다.

"밖에 아무도 없냐? 형규야! 경철아!"

대답이 없었다. 종식을 가로막고 안에 들여보내지 않았던 황 사장의 수하들은 피를 흘리며 바닥에 쓰러져 있었다. 종식은 쇠 파이프로 테이블을 쾅 내리찍었다.

"황 사장 빼놓고, 다 나가라고. 내 말 안 들려? 당신들 다 황가야?"

공무원들이 겁을 집어먹고 하나둘 자리에서 일어났다. 미팅은 이렇게 끝장나버렸다. 황 사장은 눈에 불을 켜고 종식을 노려보았다.

종식이 과일 안주를 집어먹으며 말했다.

"지금 일이 막 꼬였어. 천수가 당신을 알았다고."

황 사장은 일부러 시치미를 뚝 떼고 말했다.

"그래서요? 그게 나랑 무슨 상관입니까?"

"…."

"오문수 살인 사건은 한 형사님이 수사를 잘못한 거 아닙니까? 개인 과실이잖아요. 난 그렇게만 알고 있는데요."

"이제 와서 발뺌을 하시겠다?"

"막말로 내가 한 형사님한테 돈 준 거 본 사람이라도 있습니까?"

종식은 황 사장을 찌를 듯이 노려보았다.

"내가 혼자 죽을 놈으로 보여?"

황 사장의 얼굴에 불편한 기색이 스쳤다.

"빨리 불어. 칼 쓴 놈 지금 어디 있어!"

"지저분한 일이었잖습니까? 식구 쓰기 찜찜해서 베트남 애들

좀 샀어요. 일 끝내고 잠수 탔으니까 신경 쓰지 마세요.”

종식은 황 사장의 말이 석연치 않았다.

“숨긴다고 될 일이 아니야. 경찰이 그놈 하나 못 잡을 거 같아? 아예 없애야 돼. 그러니까 얼른 불어!”

“지금 당장은 곤란해요. 일이 있을 때만 연락하는 놈이라서….”

“잔대가리 굴릴 생각이라면 아예 그만두는 게 좋아. 알았어?”

그때였다. 종식의 휴대전화가 울렸다. 전화를 받자 수화기 너머에서 천수의 다급한 음성이 들렸다.

─선배, 어디예요?

“통화내역 어떻게 됐어?”

─곧 자료 들어올 거예요. 내역 들어오면 번호들 인적사항 바로 딸게요.

“내가 갈 때까지 가만있어. 내가 가서 확인할게.”

황 사장은 초초해하는 종식의 표정을 읽었다.

“천하의 한 형사님이 똥줄 타는 날도 오고…. 재밌네요, 재밌어.”

종식은 그 말이 거슬려서 쳐다봤다.

“뭐?”

“막말로 구린 일은 한 형사님이 전부 맡아서 하지 않았습니까?”

“지금 형사 협박하는 거야?”

“형사도 형사 나름이죠. 정직이나 드셔놓고 아직도 체면 찾으

180

십니까?”

종식과 황 사장은 차가운 눈빛을 주고받았다. 놈을 작살내고 싶었지만, 시간이 촉박했다. 종식은 마지못해 자리를 떴다. 황 사장은 그렇게 멀어지는 종식을 바라보았다. 수하 하나가 뒤늦게 절뚝거리며 나타났다. 황 사장이 그를 꼬나보았다.

“죄송합니다, 사장님.”

“멍청한 놈들.”

“제가 오늘 밤이라도 저놈을 손보겠습니다.”

“관둬.”

“그냥 내버려두실 겁니까?”

“10년 이상 경찰을 한 근성이 달라지겠냐?”

“그럼?”

“칼 쓴 놈 위치나 파악해.”

종식은 서둘러 강력반 사무실에 들어섰다. 컴퓨터 작업을 하고 있던 천수는 종식을 발견하곤 손짓했다.

“선배님!”

“통화내역은?”

“지금 확인하려고요. 메일로 보낸다고 했는데….”

천수는 아이디와 비밀번호를 입력해 넣었다. 살생부가 탄생하는 순간이었다. 종식은 민지를 생각했다. 혀 깨물고 죽고 말지,

구속만은 안 된다. 내가 구속되면, 누가 민지 치료비를 내고 누가 민지를 돌본단 말인가. 적어도 지금은 안 된다. 민지가 건강하게 뛰어다닐 수 있는 그날까지 구속은 안 된다.

종식은 초조한 눈빛으로 주위를 살폈다. 발밑에 컴퓨터 콘센트가 있었다. 종식은 서류철을 꺼내는 척하면서, 컴퓨터 자판에 커피를 엎질렀다. 그리고 구둣발로 컴퓨터 전원까지 꺼버렸다.

"으악!"

천수가 비명을 질렀다.

"뭐야, 이거!"

천수가 컴퓨터 자판을 아무리 눌러도 먹통이었다. 종식은 애써 침착하게 말했다.

"아이고, 미안하다. 괜찮냐?"

"아, 이거 포맷한 지 얼마 되지도 않았는데."

"비켜봐. 내가 해볼게."

"선배, 컴퓨터 잘 아세요?"

"가서 닦고 와. 내가 확인할게."

"그러실래요? 비밀번호 아시죠?"

천수가 자리에서 일어났다. 그가 화장실에 들어간 것을 확인하고는 종식은 재빨리 다른 책상에 앉아 메일을 확인했다.

메일이 아직 도착하지 않았다. 속이 바짝바짝 타들어갔다. 종식은 기도하듯 주먹을 움켜쥐었다.

'제발 빨리 와라. 빨리.'

종식은 초조한 듯 입술을 깨물고, 연거푸 '새로 고침' 버튼을 눌렀다. 화장실 문 열리는 소리가 들렸다. 녀석이 화장실에서 나오고 있었다.

그 순간이었다. 메일이 도착했다. 밖을 내다보자 천수가 다가오고 있었다.

종식은 서둘러 자리로 돌아가 통화내역 파일을 열어보았다. 엑셀 파일에 오문수 살인 사건 날짜 전후로 통화내역 목록이 정리되어 있었다. 종식은 순간 숨이 멎는 것 같았다. 통화내역에 종식의 전화번호가 선명하게 찍혀 있었던 것이다.

종식은 엑셀 파일의 커서를 옮겨 자기 이름과 휴대전화 번호를 수정하기 시작했다. 통화내역이 너무 많아 한두 번 수정으로는 감당이 안 되었다. 천수가 사무실에 들어왔다. 종식의 얼굴이 새하얗게 질렸다. 다행히 천수는 누군가와 통화를 하느라 수정하고 있는 종식을 보지 못했다. 통화를 마친 천수가 뒤돌아섰다.

"메일 왔어요? 보냈다고 방금 연락 왔는데…."

종식은 한 손으로 부지런히 명단을 고치며 대답했다.

"그래, 지금 왔네."

종식은 천수가 컴퓨터 앞으로 다가오는 와중에도 부지런히 수정 작업을 계속 했다. 손가락이 땀에 젖어 번들거렸다. 시간을 벌어야 했다. 종식은 프린터를 가리키며 말했다.

“인쇄버튼 눌렀으니까 뽑아와.”

천수는 프린터로 쪽으로 발걸음을 돌렸다. 종식은 여전히 수정 작업으로 정신이 없었다. 천수는 프린터 앞에 섰다.

“선배, 인쇄 눌렀어요?”

“왜? 안 나와?”

“아뇨, 나와요.”

찌지직거리며 통화내역이 출력되었다. 천수는 인쇄된 종이를 읽어 내려갔다.

목록에는 종식의 번호와 그의 이름이 완전히 수정된 상태였다.

방아쇠

상만은 차에 숨어 종식을 지켜봤다.

종식이 피곤에 지친 얼굴로 경찰서를 나서고 있었다. 종식이 차에 올랐다. 그러나 바로 출발하지 않았다. 종식은 초췌한 얼굴로 핸들에 고개를 처박고 있었다. 상당히 지친 기색이었다. 종식은 한참을 그렇게 있었다.

지나가는 의경들이 경찰서 주차장에 차를 대놓은 상만을 수상쩍게 쳐다보는 것 같았다. 기복이 초조한 듯 상만에게 말했다.

"형, 오늘은 안 되겠는데…."

그때였다. 종식이 시동을 걸고 출발했다. 상만도 그의 뒤를 밟았다. 너무 바짝 쫓으면 미행하는 걸 들킬까 봐 일부러 거리를 두었다.

종식의 차는 마포대교에 접어들었다. 놈은 어디로 가는 것일까. 놈을 죽이려고 상만은 며칠을 종식의 집 근처에서 잠복하고 기다렸지만, 종식은 좀처럼 집에 오지 않았다. 그래서 위험을 불사하고 경찰서까지 찾아온 것이었다.

얼마나 달렸을까. 갑자기 종식이 차를 갓길에 세웠다. 그의 차량에 비상등이 깜빡거렸다. 미행하는 걸 알아차린 것인가. 상만은 갑작스러워 차를 멈추지 못하고, 종식을 지나쳐서 달렸다. 다리 한가운데라 차를 돌릴 수도 없었다.

"들킨 거 아냐?"

기복이 뒤를 돌아보았다. 종식은 상만을 앞세우고 그를 뒤따를 것처럼, 그 자리에 멈춰 서서 꼼짝도 하지 않았다. 정말로 들킨 것인가. 상만의 심장이 쿵쾅쿵쾅 뛰었다. 그렇다면 일단 자리를 피해야 했다.

상만은 액셀을 밟아 속도를 높였다. 어차피 빌린 차이기 때문에 행여 종식이 이 차를 봤더라도 상만을 떠올리진 못할 것이다.

상만은 중간에 기복을 내려주고, 병원으로 차를 몰았다.

사람을 죽이는 것은 쉬운 일이 아니었다. 이런 작은 일에도 가슴을 졸였으면서, 정말로 내가 사람을 죽일 수 있을까? 상만은 자신의 능력에 의구심을 품었다. 괴로웠다.

하루하루 종식을 죽여야 하는 날짜가 뒤로 밀릴 때마다, 그 의구심은 눈덩이처럼 점점 더 커져갔고 수시로 고개를 쳐들었다. 어쩌면 상만은 종식을 죽이는 일보다 무너져가는 자신을 감당하는 게 더 두려웠는지 모른다.

상만은 이런저런 생각에 머리가 무거웠다. 품에서 총을 꺼냈다. 그리고 다시 한 번 의지를 불태웠다. 포기하면 안 된다. 여기서 그만두면 안 된다. 절대로 안 된다.

상만은 차문을 열고 밖에 나왔다.

그 순간 종식의 차량이 병원 주차장에 들어서는 게 눈에 보였다. 상만은 흠칫 놀라 주차장 기둥에 몸을 숨겼다. 상만은 종식이 어떻게 이 병원을 찾아왔는지 그 이유를 가늠할 수 없었다. 분명히 아까 상만은 급하게 차를 몰았다. 기복이 뒤를 확인해주었다. 종식은 그를 뒤쫓고 있지 않았다.

'그런데 어떻게 놈이 여기에?'

더 생각할 필요가 없었다. 오히려 좋은 기회였다. 오늘이야말로 종식과 얽힌 악연을 끝내고 말겠다. 상만은 총을 움켜잡았다. 아까부터 총을 잡고 있어서 그랬는지, 총에서 자신의 체온이 느껴졌다.

총엔 탄환을 세 발 장전해두었다. 첫 발에 실패하더라도, 곧장 두 발, 세 발이 있었다. 세 번의 기회였다. 그러나 놈은 강력계 형사였다. 첫 발에 성공하지 못한다면, 놈을 죽일 수 있는 확률은 절반으로 뚝 떨어진다. 놈을 바로 맞혀야 한다. 사정거리를 좁힐 필요가 있었다. 상만은 몸을 낮추고, 주차된 차량 사이로 엉금엉금 걸었다.

종식이 차에서 내리는 게 보였다. 상만은 총을 쥐었다. 조준간 안에 종식의 머리가 들어오자 방아쇠에 손가락을 걸었다. 놈은 고맙게도 움직이지 않았다. 상만은 심호흡을 멈추고, 손가락에 서서히 힘을 주었다.

'발사! 발사!'

머릿속에서 함성소리가 들렸다. 놈을 쏘라는 소리가 상만의 몸에서 울렸다. 상만은 눈을 부릅떴다. 총구가 부들부들 떨리고 있었다.

'침착해. 침착하게 당기면 돼. 호흡을 멈추고, 속으로 하나, 둘, 셋을 세는 거다. 하나… 둘… 셋!'

상만이 방아쇠를 당기려는 찰나, 종식이 어린 꼬마를 품에 안는 게 보였다. 일전에 종식에게 스노볼을 주었던 아이였다. 아빠 손을 붙들고, 주차장에 왔던 녀석이 종식을 보고 그에게 달려든 것이었다.

'쏴! 어서 쏴!'

상만의 온몸이 격랑에 휩쓸리는 배처럼 출렁거렸다. 호흡이 무너지고, 급기야 총을 잡았던 손에서 힘이 풀렸다. 상만은 마음

을 고쳐 잡고 다시 총구를 종식에게 향했지만, 차마 아이를 향해
쏠 수 없었다. 상만은 총구를 거두고는 털썩 자리에 주저앉았다.

절망과 자괴감에 눈앞이 아득해졌다.

다시는 일어설 수 없을 것 같았다.

미경을 만나서 장기이식 애기를 하기 위해 병원을 찾았던 종
식은 황 사장에게서 온 전화를 받고는 급히 그쪽으로 달려갔다.
황 사장은 골프연습장에 있었다.

종식은 황 사장이 날렵하게 스윙하는 것을 말없이 지켜보고
있었다.

황 사장이 말했다.

"애가 타이머 달았다면서요?"

"…."

"어떤 아버지가 두 손 놓고 있겠습니까? 안 그래요?"

"…."

황 사장이 티샷을 날리며 말했다.

"죄질이 약해요. 한 형사님한테 돌 던질 사람, 내가 봤을 땐
이 나라에 없다니까."

골프공이 타깃을 정확히 맞히자 황 사장은 주먹을 꼭 쥐며 만
족해했다. 종식은 그저 놈을 바라보고 있었다. 황 사장은 골프채
를 집어넣으며 종식 앞에 섰다.

"범인 잡는 게 형사잖습니까. 범인 잡으셔야죠? 파트너보다 빨리."

종식은 황 사장의 눈치를 살폈다.

"무슨 속셈이야?"

"칼 쓴 놈, 넘겨드리죠."

종식이 멈칫했다. 황 사장이 말했다.

"먹은 거 있으면 뒤가 구린 게 세상 이치잖습니까? 저희한테 막 하진 못하실 것 같으니까 한 형사님을 믿고 드리는 겁니다."

종식은 놈의 말이 거슬렸다.

"뭐?"

"걸레는 밥사발이 아니라 걸레 빠는 양동이에 담겼을 때 제일 편한 법이죠."

종식은 황 사장을 죽일 듯 노려보았다. 하지만 아직은 아니었다. 일단 구속을 피하는 게 우선이었다. 황 사장을 짓밟는 건 나중에 해도 늦지 않는다.

하지만 황 사장 역시 그런 생각을 하고 있었다. 지금이야 어쩔 수 없이 종식에게 협조하지만 언젠간 그 역시 제거해야 할 대상이었다.

황 사장은 사라지는 종식의 등을 노려봤다. 그러곤 조용히 수하를 불렀다.

"종철아."

뒤에 있던 수하가 목소리를 냈다.

"예, 사장님."

"지붕에 올라갔으면 사다리는 어떡할까?"

수하는 비열하게 웃으며 황 사장을 바라보았다.

"언제로 할까요? 이미 사람은 구해놨습니다."

"빠르면 빠를수록 좋겠지."

황 사장은 힘차게 스윙을 날렸다.

상만은 아내의 병실로 돌아왔다. 그의 눈빛이 슬프고 나약했다.

"죽이지 못했다, 지영아."

"…"

"나, 사람 못 죽이겠다. 그 새끼 못 죽이겠다. 당신처럼 독하지 못해서 못 죽이겠다. 넌 어떻게 죽일 생각을 했니?"

"…"

"그게 되던? 그 어린것을?"

상만은 대답 없는 아내에게 울부짖었다.

"죽으려면 혼자 죽지! 왜 애를 죽여, 왜!"

아내는 대꾸가 없었다. 미안해하는 기색도 없었다.

상만은 울음을 멈추고, 감정을 추슬렀다. 상만은 어떻게든 지영을 살릴 생각이었다. 10년이고, 20년이고 아내가 일어나길 기다리려 했다. 하지만 삶은 상만에게 부질없는 것이었다. 10년이고, 20년이고, 세월이 지난 후에 아내가 깨어났을 때, 그녀를 반기는 건 딸을 죽인 살인마라는 굴레뿐이리라.

살인마 남편을 두었다는 굴레도 감당하지 못해 죽은 사람이 딸을 죽이고 혼자 살아남았다는 굴레를 버틸 수 있겠는가? 그렇게 찾은 삶이 상만에게 의미가 있을까? 그 삶은 분명 지영에게 지옥일 거라고 상만은 생각했다.

죽음에서 겨우 깨어난 아내는 살아 있는 죽음을 감당해야 한다. 아내는, 자신을 살려낸 상만을 뼈에 사무치게 원망할 것이다.

상만은 아내의 입에서 산소 호흡기를 떼어냈다.

'지영아, 나의 아내이자 예슬이 엄마야. 구름이 바람에 흘러가듯, 강물이 바다로 흘러가듯, 우리 그렇게 흘러가자. 삶은 더 이상 너나 나에게 축복이 아니다. 징벌 같은 삶은 집어던지고, 우리 자연스럽게 흘러가자. 우리 그렇게 하자. 그렇게 하자. 지영아.'

그렇게 호흡기를 떼는 상만의 손이 부들부들 떨렸다. 아내는 호흡기를 떼기 전이나, 뗀 후나 표정의 변화가 없었다. 심전도 계기판의 눈금이 점점 내려앉았다. 눈금이 0으로 떨어지자 계기판 램프에서 빨간 불이 깜빡거리면서 삑삑거렸다. 아내의 죽음은 이렇듯 싱겁고 조용했다.

상만은 숨진 아내를 뒤로하고 병실을 빠져나왔다.

복도에서 간호사들과 이야기를 나누고 있던 미경은 상만과 마주쳤다. 그는 싸늘하게 식은 얼굴로 미경의 인사를 무시했다. 그의 눈에 빛이 사라지고 없었다. 불현듯 불길한 생각이 들었다. 미경은 상만의 아내 병실로 달려갔다.

규칙적으로 포물선을 그리던 바이털사인이 일자로 평탄해져 있었다. 미경은 긴급호출 버튼을 눌러 의료진을 불렀다. 의료진들이 심장마사지를 하며 상만의 아내를 되살리려 안간힘을 썼다.

미경은 상만을 이해할 수 없었다. 그렇게 아내를 살리려던 사람이 왜 갑자기 마음을 바꾸었을까. 왜? 생각을 거듭하던 미경은 갑자기 병실에서 뛰쳐나왔다. 그는 아내 없이는 살 수 없는 사람이었다. 그런 사람이 아내를 죽였다면, 필시 자신도 곧 따라 죽을 것이다. 막아야 했다.

"나상만 씨! 나상만 씨!"

미경은 소리치며 달렸다. 병원 휴게실에도, 중환자실에도, 로비에도, 주차장에도 상만은 보이지 않았다. 미경은 헉헉 가쁜 숨을 몰아쉬었다. 도대체 어딜 간 것일까. 무심결에 옥상 라운지를 바라보던 미경의 눈이 휘둥그레졌다.

상만은 옥상에 있었다.

미경은 엘리베이터로 달려갔다. 미경은 초조하게 1층부터 올

라가기 시작하는 빨간 불빛을 바라보고 있었다. 오늘따라 엘리
베이터는 굼떴다. 미경은 중간층에 눌러놓은 버튼들을 몽땅 다
시 눌러 엘리베이터가 지나치도록 했다. 탑승자들은 제정신이
아닌 듯한 미경의 행동에 깜짝 놀라 감히 제동을 걸지 못했다.

상만은 옥상 라운지의 출입문 손잡이 밑에 의자를 고정해두
었다.

"상만 씨! 문 열어요!"

미경이 소리 지르는 소리가 희미하게 들렸다. 상만은 관자놀
이에 총구를 들이댔다. 그때 문득 옥상에 심어둔 조경수가 눈에
들어왔다. 옛날에 예슬의 방패연이 걸렸던 나무가 생각나서 상
만은 희미하게 웃었다.

"기다려, 예슬아. 엄마랑 아빠가 갈게."

상만은 눈을 감고 방아쇠 걸린 손가락에 힘을 주었다.

"아파요?"

갑자기 어린 여자아이의 목소리가 들렸다. 흠칫 놀란 상만은
눈을 떴다. 옥상에 누가 있었다. 상만은 뒤돌아섰다. 민지가 서
있었다. 언젠가 미경한테 밤하늘이 '바다'라는 얘기를 들은 이후
로 민지는 밤마다 옥상에서 까마득한 바다를 올려다보고 있었던
것이다.

"아저씨 딸이 아파요?"

민지가 연거푸 말을 했다.

상만은 당황하여 얼른 대답을 하지 못했다. 민지가 상만에게 다가왔다.

"오지 마!"

상만이 소리쳤다.

"우리 엄마도 내가 너무 오랫동안 아파서 아저씨처럼 죽었어요."

"뭐?"

"총으로… 총으로 죽었어요."

순간, 상만은 총을 맞은 듯이 가슴이 먹먹해졌다. 그의 가슴이 찢어질 듯 요동쳤다.

"아저씨도 집에 아픈 애 있어요?"

"아, 아니… 그런 거 아니야."

"근데 왜 총을 들고 있어요?"

"이건 그냥…."

민지가 상만에게 다가왔다. 그러고는 가녀린 손을 뻗어 총을 들고 있는 상만의 손을 아래로 끌어내렸다. 상만은 눈앞에서 벌어지는 광경이 믿기지 않았다. 민지가 말했다.

"그럼 죽지 마요. 나도 엄마한테 미안하단 말이에요."

어느새 민지는 눈물이 그렁그렁하고 있었다. 상만은 민지의 눈물을 닦았다.

"울지 마라. 아저씨 안 죽어."

"나도 미안하단 말이에요."

"그래, 아저씨가 잘못했다. 울지 마."

상만은 민지를 안았다. 민지는 계속해서 울었다.

"나도 미안하단 말야."

그동안 민지의 작은 품에서 억누르고 참아왔던 울음이 폭발한 것 같았다. 민지는 엉엉 울었다. 민지는 엄마한테 미안하다고 말하고 싶었다. 하지만 이미 죽어버린 엄마에겐 그 말을 전할 수 없었다. 그래서 미안했다.

쾅!

사람들이 문을 박살내고 옥상에 들이닥쳤다. 의사들이 울고 있는 민지를 병실로 옮겼다. 사람들이 상만을 이상하게 쳐다보았다. 미경은 상만의 총을 발견하곤 얼른 숨겼다.

"아저씨, 민지 데리고 옥상에 계실 거면 진작 말씀을 해주셔야죠. 깜짝 놀랐잖아요."

미경이 엉뚱한 소리로 사람들의 관심을 흐렸다. 상만을 민지 유괴범으로 알았던 사람들은 그제야 안심하고 하나둘 옥상 아래로 내려갔다.

상만은 멍한 얼굴로 우두커니 서 있었다. 사람들이 모두 사라지자, 미경이 말했다.

"왜 그러셨어요?"

"…."

"아주머님 말예요. 지금 겨우 안정을 찾았어요."

상만은 미경을 바라보았다.

"우리가 죽으면 댁한텐 더 좋은 거 아닙니까?"

미경이 화를 참지 못하고 상만의 뺨을 후려갈겼다.

"이대로 죽으면… 예슬이가 천국에서 반길 것 같아요?"

상만은 듣기 괴로운 듯 고개를 묻었다. 미경이 더욱 흥분해서 말했다.

"아뇨! 전 절대 그렇게 생각 안 해요. 제가 예슬이라면 오히려 못난 부모라고 생각할 거예요. 그래요. 죽으세요. 이런 모습으로 예슬이 볼 자신이 있으면 죽으세요. 다 끝내버리세요. 그것만큼 이 세상에 쉬운 게 어디 있어요!"

미경이 총을 건네주었다.

"자요, 얼른 죽어요! 얼른!"

상만은 총을 받지 못했다. 미경의 얼굴에 눈물이 흘렀다. 그녀는 울먹이고 있었다.

"어떻게 아주머니한테 그러셨어요? 아저씨, 아주머니 사랑하셨잖아요. 아무리 힘들어도 그럼 안 되는 거잖아요."

상만은 대꾸할 수 없었다. 그래서 그저 묵묵히 듣기만 했다. 미경은 울음을 그치지 못하고 아래로 내려갔다. 밤바람이 쌀쌀하게 불어왔다. 상만은 시린 얼굴을 하고 밤하늘을 바라보았다. 별들이 반짝이고 있었다.

'예슬아, 사람이 죽으면 별이 된다는데, 너도 저 중에 하나이니. 그래서 나와 네 엄마를 지켜보고 있니?'

상만은 예슬이 자신들을 원망한다 생각했었다. 그래서 빨리 모든 걸 정리하고 예슬 곁에 가고 싶었다. 하지만 돌이켜보니, 그것은 힘든 현실을 부정하고 싶었던 못난 아비의 핑계에 불과했다. 못난 어미 때문에 죽은 예슬을 생각하지 못하고, 상만이 기껏 생각해낸 것이 죽음뿐인 것이 미안했다.

상만은 그렇게 소리 내어 울었다.

울퉁불퉁한 세상

병원 앞에 있는 시민 공원에도 가을이 찾아왔다. 심리치료사가 아이들을 공원에 데리고 나왔다. 아이들은 오색 단풍을 줍고, 머리에 꽂고, 저희끼리 옹기종기 모여 놀았다. 단 한 사람, 민지만이 벤치에 앉아 먼 산 보듯 그 아이들을 바라보고 있었다. 보호자로 따라 나온 미경은 그런 민지를 가슴 아프게 바라보았다.

"저 아이입니까?"

남자 목소리에 흠칫 놀란 미경이 돌아섰다. 상만이 민지를 바라보고 있었다.

"민지라고 했죠. 심장이 필요하다던 아이."

"예? 아, 예에…."

"언제부터 저렇게 된 겁니까?"

“그게 말해도 될지 모르겠네요. 아픈 기억이라.”

“민지 아버님은 어떤 사람입니까?”

미경은 당황하여 무슨 말을 해야 할지 몰랐다. 미경은 민지의 아버지가 종식임을 상만이 알게 될까 봐 조마조마했다.

“갑자기 그걸 왜?”

“민지 어머님이 예전에 돌아가셨다고 들었어요. 아버지는 계신지 궁금하기도 하고.”

“민지 하나 보고 사시는 분이죠.”

“네.”

“근데, 민지 어머님 얘기는 어떻게 아세요?”

“민지한테 들었습니다.”

“민지가 말을 했다고요? 설마 그럴 리가…. 정말 말을 했어요?”

상만은 고개를 끄덕였다. 미경은 믿기지 않는다는 듯 상만과 민지를 번갈아 쳐다보았다. 더 놀라운 일이 일어났다. 민지가 상만을 발견하곤, 이쪽으로 걸어오는 것이었다. 민지가 다른 사람과 눈을 마주치는 건 처음 보는 광경이었다.

상만이 호주머니에서 뭔가를 꺼냈다. 교도소에서 예슬에게 주려고 만들던 나무 인형이었다. 민지는 호기심 어린 눈으로 나무 인형을 바라보았다.

“갖고 싶니?”

상만이 묻자 민지는 대답하지 않고, 고개만 끄덕였다.

“자, 아저씨가 마술을 보여줄게. 잘 봐.”

상만은 오른손에 나무 인형을 올려놓고, 주먹을 쥔 뒤 몇 번 흔들었다. 그리고 다시 손을 펴자, 나무 인형은 사라지고 없었다. 민지는 상만에게 성큼 다가와 그의 손바닥을 만졌다.

“어? 어디 갔지?”

민지가 말하는 걸 보고 미경은 깜짝 놀라 입을 다물지 못했다.

“여기 있지요.”

상만은 오른손을 폈다. 그 안에 나무 인형이 있었다.

“더 보여줄까?”

민지는 고개를 끄덕였다.

“이번에는 나무 인형의 친구들을 불러볼게. 잘 봐.”

상만은 왼손에 나무 인형을 올려놓고, 주먹을 쥐었다. 그러곤 아까처럼 몇 번 흔들었다. 민지는 기대를 하고 그를 바라보았다.

“어? 큰일 났다!”

상만이 갑자기 놀란 얼굴로 말했다.

“마법의 힘이 떨어졌어. 아, 이럴 땐 마음씨 착한 사람이 콧기름을 발라줘야 되는데… 자, 이 중에서 누가 마음씨가 착한 사람인가?”

상만은 미경을 쳐다보았다.

“아, 이 언니는 안 돼. 어렸을 때 동생한테 맛있는 걸 너무 많이 빼앗아 먹었어요.”

이번엔 민지를 쳐다보았다.

"야, 진짜 착한 아이가 여기 있었네. 마음씨가 비단결 같은 민지 양, 아저씨한테 콧기름 좀 빌려주지 않겠어요?"

민지는 고개를 끄덕였다. 상만이 민지 코를 콕 찍었다. 주먹에 콧기름을 바르는 척하고 '짜잔' 하며 주먹을 펴려고 하는데, 민지는 그대로 상만의 품에 쓰러졌다. 눈이 돌아가더니, 정신을 잃은 듯 아무리 불러도 눈을 뜨지 않았다.

상만은 민지를 둘러업고 병원으로 달렸다. 민지에게 보여주려고 준비했던 인형들이 바닥에 떨어졌다.

종식은 소식을 듣고 병원으로 달려왔다.

민지가 산소 호흡기를 대고 링거를 꽂은 채 잠들어 있었다.

"민지야, 아빠 왔다. 민지야!"

종식은 무너지듯 민지의 손을 잡고 흐느꼈다. 민지가 아프고 정신을 잃어야 얼굴을 맞댈 수 있는 현실이 너무나 가혹하게 느껴졌다. 민지를 간호하던 미경이 말했다.

"민지 아버님."

종식은 민지를 바라보며 말했다.

"꼭 이렇게까지…."

종식은 민지 가슴에 무자비하게 부착된 전기선과 조절 장치를 보곤 절망했다. 민지가 감당해야 할 인생의 무게를 보는 것 같아

가슴이 미어졌다.

"이 작은 몸에 꼭 이렇게까지 해야 했습니까?"

대답하는 미경의 음성은 단호했다.

"민지 아버님, 마음 단단히 하고 들으세요."

종식은 미경의 입에서 어떤 말이 나올지 두려워졌다.

"제가 전화 드렸을 때 민지는 모든 약물에 반응이 없었습니다. 저혈압에 호흡곤란까지 왔고 인공호흡도 소용없었어요. 저 기계가 없었다면 민지 심장은 멈췄을 겁니다."

종식은 충격으로 온몸이 굳었다.

"오늘따라 제 직업이 원망스럽네요."

순간 목이 메는지 미경은 잠시 말을 멈추었다. 그러더니 힘겹게 입을 열었다.

"이런 말씀 드리는 게 얼마나 힘든 건지 아마⋯."

"괜찮습니다. 말씀해주세요."

"민지 심장은 저 기계가 대신해주고 있어요. 민지 주치의 선생님은 앞으로 일주일에서 열흘이 고비일 거라고 하셨고요, 그 안에 이식수술을 못하면⋯."

종식은 미경의 말이 믿기지 않았다.

"우리 민지가 죽는단 말인가요?"

"하지만 보조 장치를 달았기 때문에 민지는 1순위가 됐어요."

미경은 잠시 망설이다가 결심하고는 말을 꺼냈다.

“민지 아버님, 잘 들으세요. 아버님도 우리 병원에 공여자가 계신 거 아시죠? 그분이 누구냐면….”

미경은 마음을 다잡고 힘겹게 입을 열었다.

“나상만 씨입니다.”

“네? 뭐라고요? 누구?”

종식은 너무 놀라서 자신의 귀를 의심했다. 뜬금없었다. 나상만이라니.

“나상만 씨 부인께서 이 병원에 계세요. 그분이 민지한테 심장을 줄 수 있어요.”

“….”

“저도 민지 아버님과 나상만 씨 얘기 알고 있습니다. 전에 인터넷에서 보고 알았어요. 그래서 민지 아버님이 설득해보겠다고 할 때 극구 말렸던 겁니다.”

“지금 와서 그 얘기를 나한테 하는 이유가 뭡니까? 나더러 그 사람을 설득하라고?”

“방법이 없어요. 제가 몇 번이고 간곡하게 말씀드리고, 설득했는데 소용없었어요. 우리한테 이제 일주일밖에 안 남았잖아요. 어쩌면 저보단 민지 아버님이 직접 그분을 찾아뵙고 얘기를 하는 게 더 빠를 수 있어요.”

종식은 주먹으로 벽을 찍었다. 인생이 꼬이고 있었다.

“그게 지금 말이 된다고 생각해요? 그 사람이 날 용서할 거

긑이?"

"그분도 민지 사정을 아세요. 어머니가 먼저 가신 것 때문에 가슴 아파하고 계세요. 민지 아버님은 모르시는데, 두 분이 비슷한 게 많아요. 통할 게 있을 거라고요. 민지 아버님이 일부러 그분한테 상처준 건 아니잖아요. 그 점을 얘기하세요. 같은 딸을 둔 아버지로서, 그분한테 진심으로 다가서면 어쩌면 아무 인연이 없는 사이보다 더 쉽게 가까워질 수 있어요."

"미경 씨는 모릅니다. 내가 그 사람한테 무슨 짓을 했는지."

"한 번이라도 얘기를 해보세요. 그분만 설득하면 민지가 살 수 있어요. 민지를 위해서 하는 일인데, 못할 게 뭐가 있어요?"

종식은 고개를 흔들었다. 불가능했다. 미경은 불가능한 얘기를 하고 있었다.

종식은 머리를 싸매고 고민했다.

미경의 말대로 한 번 상만을 만나볼까. 아니었다. 몇 번을 생각해도 그건 아니었다. 종식은 머리를 흔들었다. 상만이 나를 용서할 리 없었다. 나 때문에 딸이 죽고 아내는 뇌사자가 되지 않았던가? 그것도 모자라서 아내의 입원비를 보태달라는 그에게 갖은 모욕을 퍼부었다.

상만은 나를 죽이고 싶을 것이다. 그렇다고 민지를 살릴 수 있는 방법이라는데, 아무것도 안 하고 모르는 척 손을 떼고 있을 수도 없었다. 종식은 병원 복도에서 갈팡질팡 갈등했다.

그때였다. 아내의 수건을 빨러 나온 상만을 발견했다. 종식은 급히 몸을 숨겼다. 다행히 상만은 종식을 보지 못했는지 그를 스쳐 지나갔다.

상만이 다시 나타나기 전에 병원을 빠져나가려던 종식은 문득 발걸음을 멈췄다. 민지에게 심장을 줄 수 있는 상만의 아내가 갑자기 보고 싶어졌다. 그래서 종식은 위험을 무릅쓰고 미경이 가르쳐준 병실로 발걸음을 돌렸다.

상만의 아내는 산소 호흡기에 의지해 간신히 숨만 쉬고 있었다.

앙상하게 말라서인지 그녀 손목의 푸른 정맥이 유독 도드라져 보였다. 종식의 눈빛이 흔들렸다. 민지를 낫게 하려던 욕망이 다른 죄 없는 사람들을 죽이고, 죽어가게 만들었다는 사실이 지금 이 순간만큼은 감당하기 어려웠다. 힘에 겨웠다. 금방이라도 상만의 아내가 눈을 뜨고, 종식의 멱살을 잡으러 달려들 것 같았다. 종식은 겁에 질려 주춤주춤 물러섰다.

그 순간, 병실 입구에서 인기척이 들렸다. 종식은 황급히 병실에 딸린 화장실로 몸을 숨겼다. 빠끔히 열린 문틈으로 상만이 보였다. 상만은 아내의 마른 손을 감싸 쥐었다.

"지영아, 그애가 아직도 못 깨어났대."

"…"

"내가 전에 얘기했지? 예슬이 또래라는 아이."

종식은 문틈으로 그 모습을 지켜보고 있었다. 상만은 아내와의 대화를 계속 이어나갔다.

"예슬이 엄마, 내 말 듣고 있지? 당신 지금 어디쯤에 있어? 예슬이랑 하늘나라에 있는 거야? 아님 여기 나랑 같이 있는 거야?"

"…."

"당신 지금 예슬이랑 있는 거면, 민지 좀 살려줘. 당신, 거기 있으면 하느님하고 얘기할 수 있잖아. 사정 좀 해봐. 민지, 걔는 제 엄마가 자기를 간호하다 지쳐서 자살한 걸로 알고 있어. 어린 애가 그걸 감당했으니… 사는 게 얼마나 힘들었겠어? 응?"

종식은 무거운 얼굴로 그 얘기를 들었다. 민지의 속마음을 상만을 통해 듣게 될 줄은 꿈에도 몰랐다.

아무것도 모르는 아이인 줄 알았는데, 녀석은 엄마가 자기 때문에 지쳐가는 것을 알고 있었던 것이다. 종식은 마음이 타들어갔다.

'엄마한테 미안했다니, 뭐가 미안하니. 너는 그저 아팠을 뿐이야. 엄마도 아팠을 뿐이고. 민지야, 너는 누구한테도 미안해할 필요가 없다. 너랑 나랑 얼굴을 맞대고 이런 얘기를 할 수 있는 날이 올까? 네가 웃는 얼굴을 볼 수 있는 날이 올까?'

그때였다. 미경이 병실에 들어왔다.

"민지가 깨어났어요. 아저씨를 찾고 있어요."

상만은 놀란 얼굴로 물었다.

"절 말입니까?"

상만도 놀랐지만, 종식도 놀랐다. 상만은 아내의 손을 붙들고
말했다.

"여보, 나, 금방 다녀올게."

상만이 나가고, 종식도 화장실에서 나왔다. 아직도 현실감을
찾지 못한 얼굴이었다. 믿을 수 없었다. 민지가 혼수상태에서 깨
어나 제일 처음 찾은 사람이 아비가 아니고, 상만이라니. 더구나
민지가 말을 했다는 사실이 도무지 믿기지 않았다.

종식은 먼발치에서 상만과 민지가 얘기하는 것을 바라보았다.

상만은 민지 앞에서 마술 쇼를 하고 있었다. 손끝에서 인형이
사라졌다가 나타나고 하나였던 인형이 둘로 늘어나자 민지는 그
것이 마음에 드는 눈치였다. 민지는 눈길을 돌리지 않고 상만의
마술을 흥미롭게 지켜보았다. 언뜻 보면 둘이 다정한 부녀처럼
보였다.

종식은 그들에게서 돌아섰다. 민지에게 더 이상 종식이 들어
설 자리는 없어 보였다. 종식은 착잡한 눈빛으로 병원 지하 주차
장에 들어섰다. 그의 어깨가 축 늘어져 있었다.

종식이 차에 올라타고, 시동을 걸 때였다. 갑자기 운전석 차

창이 와장창 깨지면서 문이 강제로 열렸다. 괴한이 종식을 밖으로 끌어내 바닥에 패대기쳤다. 종식은 얼굴도 모르는 놈의 발길질에 일방적으로 당했다. 우드득 갈비뼈가 박살나는 소리가 들렸다.

종식이 맥을 못 추고 쓰러지자, 괴한이 품에서 칼을 꺼내려고 했다. 그 순간, 종식이 놈의 발을 걸어 전세를 역전시켰다. 종식은 괴한에게 두들겨 맞은 만큼의 딱 곱절만큼을 패주었다. 놈의 안면을 박살내고, 가슴팍을 걷어차고, 무릎 관절을 꺾어버렸다. 놈은 비명도 지르지 못하고 쓰러졌다. 종식은 피칠갑이 된 놈의 얼굴을 구둣발로 짓이겼다.

종식이 숨을 헐떡이며 물었다.

"누구냐? 누가 보냈어?"

"…."

"말 안 해?"

종식은 놈의 옆구리를 걷어찼다.

"왜 말을 안 해? 네 놈도 내가 싫어? 나만 보면 얘기하기가 싫어지냐? 가슴이 꽉 막히는 게 나만 보면 마음이 닫혀? 응? 너도 그래? 그런 거냐? 내 얼굴에 똥이라도 묻었어? 왜! 왜 말을 안 해! 왜 나한테 말을 안 하냐고!"

"사… 살려주…."

"응, 그래…. 입이 작아서 말을 못 하는구나."

종식은 놈의 입 꼬리에 칼끝을 쑤셔 넣었다. 단박에 귀까지 그을 작정이었다.

"마… 말하겠습니다."

죽도록 얻어맞은 탓에 놈의 목소리는 모기 소리같이 작았다.

"안 들려!"

"황 사장이…."

"황 사장? 황 사장이 보냈어? 날 죽이라고?"

고개를 끄덕이는 놈의 입에서 피가 흘렀다. 이가 두어 개 나간 모양이었다. 종식은 피식 웃었다.

"황 사장, 네 놈이 이렇게 나온다 이거지?"

"사… 살려주십쇼."

놈이 말했다. 종식은 놈의 입에서 칼을 뺐다. 약속은 약속이었다. 대신 놈의 얼굴을 힘껏 걷어찼다.

"으아악!"

놈은 지하 주차장이 떠내려갈 정도로 비명을 질러댔다. 지나가던 행인들이 이 광경을 보곤 혼비백산해서 달아났다. 그러거나 말거나 상관없었다.

종식은 차체에 몸을 기대고 서서 담배를 꺼냈다. 담배가 죄다 부러졌다. 화가 치밀어 오른 종식은 놈을 한 번 더 걷어찼다. 종식의 눈동자가 광기로 번뜩였다.

황 사장이 탄 차가 고급 아파트 앞에 멈춰 섰다. 젊은 운전기사가 뛰어나와 차문을 열자, 황 사장이 차에서 내렸다. 황 사장은 운전기사에게 팁을 찔러주었다.

"큰애는 공부 잘해? 그놈이 반에서 1등이라면서?"

"과찬이십니다. 사장님이 신경 써주신 덕분입니다."

"수고했어. 가봐."

"내일 언제쯤 모시러 올까요?"

"내가 전화하지."

황 사장은 아파트 엘리베이터에 올랐다. 8층을 눌렀다. 이 아파트에서 제일 비싼 층수였다. 엘리베이터에서 내린 황 사장은 비밀번호를 눌렀다. 신발장에 불이 켜졌다. 집 안이 어두웠다.

"찬섭아, 여보."

황 사장이 불을 켜자 종식이 거실 소파에 웅크리고 앉아 있었다. 기겁하여 어쩔 줄 몰라 하는 황 사장에게 종식이 물었다.

"매일 이렇게 늦게 들어오십니까?"

"애들이랑 애 엄마는 어쨌어!"

"형수한테 사진 몇 장 돌렸지. 자기가 본처인 줄 알고 사는 게 딱해서 말이야."

황 사장은 울화가 치밀었지만, 애써 태연하게 거실 소파에 앉았다. 종식에게 지고 들어가는 모습을 보여주고 싶지 않았다. 한 번 밀리기 시작하면 끝장이다. 그것이 이 바닥의 생리였다. 황 사장이 말했다.

"술 한잔 할 텐가?"

"술?"

"그래, 죽지 않고 살아서 돌아왔으니 축배를 들어야지."

종식이 피식 웃었다.

"이 양반, 이거 완전히 병 주고, 약 주네."

종식은 장식대에서 위스키 하나를 꺼냈다.

"오, 이거 진짜야?"

"내가 그럼 짝퉁을 갖다놨을까."

"세상 참 울퉁불퉁해."

"…."

"이거 하나에 1,000만 원 넘지? 이거 두 개면 내 딸내미 수술
비네, 응?"

종식은 술병을 거꾸로 쥐고 바닥에 내리찍었다.

"한 형사!"

황 사장이 말리듯 소리쳤다. 종식은 흉기처럼 날카로워진 술
병을 황 사장의 목에 들이밀었다. 황 사장은 놀란 듯 눈을 치켜
뜨고 종식을 바라보았다.

"왜… 왜 이러나!"

"누구야, 날 죽이라고 한 게. 설마 네가 날 죽이라고 시키진
않았겠지."

"자네가 지금 뭔가 오해를 하고 있나 본데."

황 사장은 말을 잇지 못하고 비명을 질러댔다. 종식이 술병으로 놈의 허벅지를 내리찍은 것이다. 종식은 술병을 뽑았다. 피가 뚝뚝 떨어졌다.

"누가 시켰어?"

"내… 내가 그랬어. 내가….."

"왜?"

"깨끗하게 처리하려고. 네 놈이 귀찮게 굴 거 같아서."

종식은 황 사장의 뺨을 후려갈겼다.

"몇 놈이나 보냈어? 아까 그놈 하나야?"

황 사장도 부아가 치미는지 종식을 노려보았다.

"왜, 천하의 한종식도 떠시나? 오문수 죽인 놈한테 시켰다. 너하고 나상만까지 다 정리해버리라고."

"나상만은 왜!"

흥분한 종식이 황 사장의 목을 졸랐다.

"말해, 이놈아! 그놈은 왜!"

"하도 결백하다고 떠들고 다니는 게 불안해서."

"그래서, 누구한테 시켰어! 상만이 죽이라고 누구한테 시켰나고!"

"오… 오문수 죽인… 베트남 놈한테."

종식은 황 사장을 집어던졌다. 그러곤 분이 풀릴 때까지 짓밟았다.

"나상만은 안 돼. 빌어먹을, 나상만은 이제 그만 건드리란 말이다. 이놈들아!"

종식은 다리에 힘이 풀려 풀썩 주저앉았다. 등줄기에서 땀이 흘렀다.

황 사장은 죽었는지, 숨소리도 내지 않았다.

너무 멀리 온 남자

상만은 누이에게 전화를 걸었다. 병원에 와서 아내를 봐달라고 요청했다. 누이는 두 번 다시 지영의 낯짝은 보지 않겠다며 완강히 거부했다. 그러나 이번이 아내를 보는 마지막 기회라는 말에, 누이는 어쩔 수 없이 병원으로 달려왔다.

누이가 걱정스런 얼굴로 물었다.

"정말로 네 마누라 심장을 뗄 생각이야?"

"예."

"막상 그런다니 나는 좀 그렇다."

"…"

"아무리 미워도 저렇게 숨을 쉬는데… 정말 죽일 거니? 전에 뉴스에서 보니까 외국에선 10년이고 지나서 깨어난 사람도 있다던데."

"이 사람, 깨어나도 저 원망할 거예요. 지금이야 예슬이하고 같이 죽은 걸로 알고 자고 있지만 깨어나면 자기가 딸애 죽인 꼴인 거잖아요. 그러면 살 수 있겠어요?"

누이는 한숨을 쉬었다.

"그래, 네 말도 옳긴 하다."

"이 사람… 이왕 예슬이한테 갈 거라면 뭔가 좋은 일해서 보내고 싶어요. 그래야 저승에서 예슬이 볼 낯도 생길 거고."

"그래, 잘 생각했어. 솔직히 병원비가 한두 푼이니? 그거 무슨 수로 감당할래?"

누이는 누워 있는 상만의 아내를 보곤 목소리를 낮췄다. 상만은 누이를 달랬다.

"괜찮아요. 저 사람도 이해할 겁니다."

"그래, 내가 뭐… 괜히 미워하나."

그래도 안심이 되지 않는지, 누이는 지영의 손을 잡았다.

"나도 본심은 그렇지 않아. 자네도 알아두라고. 갑자기 간다니까 섭섭하구먼."

상만은 소아 정신과를 찾았다. 민지가 다른 아이들과 섞여 상담 치료를 받고 있었다. 멀리서 민지를 바라보고 있던 미경은 상만을 발견하곤 캔 커피를 뽑아왔다.

216

“나상만 씨 덕분에 민지가 많이 안정됐어요. 사람들하고 말도
하고요.”

“이제 며칠 남은 겁니까?”

“예? 아….”

미경은 말끝을 흐렸다.

“닷새 남았어요.”

“미경 씨는 세상 참 불공평하다, 생각한 적 있어요?”

“왜 없겠어요.”

“그래요?”

“제가 겁이 많아요. 여섯 살 땐가 쥐 잡아서 쥐포 만들겠다고
굽다가 전신 화상 입었고 초등학교 땐 머리 위에서 형광등 터졌
고. 지하철 승강장 사이에 벌어진 공간 있죠? 거기에 빠져 죽다
살아난 적도 있어요. 압력밥솥 두 번 터지고…. TV에 모자이크
걸고 인터뷰도 했다니까요.”

“그건 재수 없는 거 아닌가?”

“재수 없는 것도 한두 번이죠. 왜 나한테만 이런 일이 일어날
까? 괜히 하늘에 계신 분한테 당신 왜 나만 미워해, 라고 소리치
고 그랬어요.”

“하긴, 남들한텐 한 번 일어날까 말까 한 일이.”

“그러니까 제 말이요.”

상만이 빙그레 웃자 미경이 말했다.

“방금 웃었죠? 얘기 해주면 다들 좋아해요. 나상만 씨처럼.”

“불행이 유머 소재인가요?”

“아무렴 어때요. 어차피 남들에게 희망을 주는 직업인데요.”

“이식하겠습니다.”

미경이 놀라서 대답했다.

“네?”

“아내 심장을 민지에게 이식해주세요.”

“정말이신가요?”

“민지를 살려주세요.”

상만은 선하게 미소를 지었다. 미경은 여전히 믿지 못하겠다는 표정이었다.

그날 밤, 갑자기 김 형사에게 전화가 왔다. 종식이었다.

“어, 그래, 종식아. 어쩐 일이냐?”

“형, 어디야?”

“어디긴 어디냐. 사무실이지.”

“형, 지금 잠깐 밖으로 나와. 나 밖에 있어.”

“안에 들어와. 밖에 추워.”

“잔말 말고 나와. 나 만난다는 얘기하지 말고.”

“무슨 일이야?”

김 형사는 경찰서 뒤쪽으로 걸어 나왔다. 종식이 자판기 옆에

쪼그려 앉아 있었다. 김 형사는 피딱지가 붙은 종식의 얼굴을 보곤 흠칫 놀랐다.

"야, 너 뭐하고 다니는 거야? 얼굴이 왜 그래?"

"담배나 한 대 줘."

김 형사는 담배를 건네주었다. 종식은 말없이 담배를 피웠다.

"너, 뭐야? 무슨 일 있지? 민지 때문에 그래?"

"나 총 한 자루 빌립시다."

"미친!"

김 형사가 발끈해서 소리를 질렀다. 그러나 이내 말소리를 줄이고, 누가 들은 사람이 없나 주변을 살폈다. 김 형사가 종식에게 나지막한 목소리로 물었다.

"너 미쳤어?"

"상만이 사건. 진범이 누군지 알았어."

"그럼 반장님한테 말해야지. 왜 총을 빌려?"

"줄 거야, 말 거야?"

김 형사는 죽을상을 하며 뭐라 뭐라 투덜거리더니, 결국 못 이기는 척 권총을 건네주었다.

"반장이 알면 시말서로 끝나지 않는 거 알지?"

종식은 권총 상태를 확인했다.

"너까지 날뛸 필요 없잖아. 여기저기 들쑤시고 다니는 건 천수로 족하다."

“…”

“내사반 애들, 너 옷 벗길 증거 잡았단 얘기도 있어!”

“솔직하게 말해줘?”

김 형사는 뜬금없는 얘기에 놀라 종식을 멀거니 쳐다보았다.

“지금… 형한테 마지막 부탁 한 거야.”

“마지막이라니? 대체 뭘 어떻게 할 건데?”

종식은 담배를 비벼 끄고 일어섰다.

“눈치 하곤, 그러니까 형이 진급을 못하는 거야.”

들자하니 부아가 치밀었다. 김 형사가 사라지는 종식 뒤통수에 대고 소리 질렀다.

“야, 그게 무슨 소리야! 야!”

종식은 급히 차를 몰았다.

살인마가 상만을 죽이기 전에, 종식이 먼저 놈을 죽여야 했다. 주어진 시간이 얼마 없었다. 정지 신호를 받고 차를 세웠다. 종식은 보조석 캐비닛에서 가죽 다이어리를 꺼냈다. 황 사장의 것이었다. 놈의 은신처가 적혀 있었다. 종식은 놈의 주소를 중얼거렸다. 신호가 바뀌자마자 액셀을 힘껏 밟았다.

종식은 몰랐다. 경찰서에서부터 종식을 뒤쫓는 차량이 있었다. 천수였다. 운전대를 잡은 천수는 불길함이 더해만 갔다.

“선배, 도대체 무슨 일을 꾸미는 겁니까?”

천수는 초조한 마음에 입술을 잘근잘근 씹었다. 그 역시 종식을 놓치지 않으려고 속력을 높였다.

종식의 차량은 신림동 빌라촌으로 향했다.

가파른 언덕에 연립주택들이 개미집처럼 다닥다닥 붙어 있었다. 종식의 차가 끼익 하고 미끄러지며 멈추었다. 종식은 차에서 내리자마자, 숨 돌릴 틈도 없이 푸른 기와를 얹은 연립 주택 안으로 뛰어 들어갔다.

쓰레기를 버리려고 나왔던 주민이 총을 들고 계단을 뛰어 올라오는 종식을 보곤 기겁해서 도망쳤다. 종식은 총을 쥔 채로 놈의 집 문고리를 슬쩍 돌렸다. 잠겨 있었다. 종식은 대문 앞에 걸려 있는 우유 봉지를 뒤졌다. 열쇠는 없었다. 종식은 호주머니에서 만능키를 꺼냈다. 열쇠 구멍에 만능키를 집어넣고 돌리자, 달칵 소리가 들렸다.

종식은 문을 여는 동시에 총구를 전방에 조준했다.

아무도 없었다. 시커먼 개 한 마리가 종식에게 꼬리를 흔들며 다가왔다. 종식은 경계를 풀지 않았다. 총을 든 채로 집구석을 살폈다. 재떨이에 버려진 담배꽁초가 아직 따뜻했다. 살인마는 방금까지 집에 있었다. 그때였다. 빌라 밑에서 발소리가 들렸다.

창밖을 내다보니 팔목에 문신을 한 남자가 빌라 안으로 들어

오고 있었다. 놈이었다. 종식은 황급히 문을 걸어 잠갔다. 그러곤 문가에 숨어서 놈을 기다렸다. 자물쇠 돌아가는 소리가 들리자 종식은 총을 움켜잡았다. 열리던 문이 순간 멈칫했다.

개가 출입문을 향해 컹컹 짖기 시작했다. 놈은 안에 들어오지 않았다. 도망치는 발소리가 들렸다.

"젠장."

종식은 문을 박차고 뛰어나갔다. 살인마는 벌써 골목 모퉁이를 빠져나가고 있었다. 종식도 죽어라 달렸다.

살인마는 빨랐다. 2미터가 넘는 철조망을 훌쩍 뛰어넘었다. 종식은 철조망을 잠근 자물쇠를 총으로 박살냈다. 뒤늦게 놈을 쫓아왔지만 이미 사라지고 보이지 않았다.

그때였다. 길 건너편에서 도주하는 놈이 보였다. 종식은 차량이 질주하는 횡단보도를 신호도 무시한 채 마구 달렸다. 주행하던 차들이 급정거 하는 바람에 스키드 마크를 그리며 빙글빙글 돌았다. 뒤따라오던 차량들이 그 차와 연쇄 충돌을 일으켰다. 종식은 놈이 숨어 들어간 건물 위치를 확인했다. 낡은 상가였다.

종식은 숨을 헐떡이며 계단을 올랐다. 층별로 PC방, 당구장이 나타났다. 종식은 닥치는 대로 뛰어 들어가 총으로 위협했다.

"전부 정지! 제자리에서 손들어!"

기겁한 사람들이 손을 들었다. 종식은 가게 손님들의 얼굴을 확인했다. 캡을 눌러쓰고 손님으로 위장하려던 살인마가 사람들을 밀치고 도주했다. 종식은 놈에게 총을 쐈다. 사람들이 비명을 질러댔다. 종식은 놈을 쫓아 옥상으로 올라갔다.

벼랑 끝에 몰린 살인마는 옆 건물로 뛰어내리려 했다. 놈이 건너편 건물과 너비를 가늠해보곤 도움닫기해서 뛰어넘으려고 하는데 총성이 울렸다. 놈은 맥없이 고꾸라졌다. 놈은 피가 흐르는 어깨를 움켜쥐고 신음을 내뱉었다.

종식이 권총을 겨누고 다가왔다. 종식은 숨을 헐떡이는 살인마의 심장에 총구를 겨누었다. 방아쇠를 당기려는 순간 귀에 낯익은 목소리가 들렸다.

"멈춰!"

천수가 종식을 총으로 겨누고 있었다.

"왜요? 왜 그랬어? 왜 죄 없는 사람을 범인으로 몰았어!"

천수가 물었지만 종식은 대답하지 않았다.

"어려운 질문 아니잖아. 왜 그랬어!"

"몰라서 물어? 정말 몰라서 묻나?"

"민지 핑계 대지 마!"

종식은 움찔했다.

"어떤 선택이든…. 모두 선배가 선택했고, 선배가 자초한 일이야."

"…."

"그 총 내려놔. 그 사람 죽인다고 덮어질 사건 아냐!"

"천수야, 부탁이다. 그냥 가라. 되돌아가기엔 너무 멀리 왔다."

"총 내려놔. 셋을 세겠다."

"나… 끝까지 갈 수밖에 없어."

"하나."

"…."

"둘!"

종식은 살인마를 겨누던 총구를 천수에게 돌렸다. 여차하면 쏠 생각이었다. 천수와 종식은 서로를 겨눈 채 마주보았다. 천수가 멈추지 않고 외쳤다.

"셋!"

탕!

탕!

두 발의 총성이 울렸다. 종식은 천수를 쏘았다. 하지만 천수는 종식의 주위가 흩어진 걸 알고 허리춤에서 칼을 뽑아 종식을 찌르려던 살인마를 쏘았다. 피를 토하며 쓰러진 살인마의 손아귀에서 칼이 떨어졌다.

종식은 땅바닥에 쓰러진 천수를 끌어안았다. 천수는 울컥하고 피를 토했다.

"선배…."

“이 바보 같은….”

“미안해요.”

“얼른 일어나. 병원에 데려다줄게.”

“나… 난 틀렸어.”

“일어나, 얼른! 양천수 일어나!”

종식은 천수를 일으켜 세우려 했다.

“혀, 형이라고 부르고 싶었는데….”

“미친…. 이거 완전 돌았어.”

종식은 우는 얼굴로 웃었다. 천수는 필사적으로 뭔가를 말하려는 듯 입술을 움직였다.

“내일이면 모두들… 눈치 챌 거야. 그러니 도… 도망쳐…. 도망….”

“천수야!”

천수는 끝내 종식의 가슴에서 숨을 거두었다. 녀석의 팔이 땅바닥에 길게 늘어졌다. 천수의 눈가에서 눈물이 주르르 흘러내렸다. 종식은 울먹이며 죽은 천수를 바라보았다. 그때, 종식의 휴대전화가 울렸다. 미경이었다.

―민지 아버님, 공여자 분께서 이식 허락하셨어요!

“….”

―민지 수술 받을 수 있게 됐어요!

“….”

—민지 아버님? 듣고 계세요?

"…."

—민지 아버님!

두 번째 인질극

민지가 수술하는 날, 멀리 지평선에서 해가 떠올랐다.

상만은 병실 창문을 열었다. 새소리와 싱그러운 새벽녘 공기가 병실에 들어찼다. 아내가 맞이하는 마지막 아침이었다. 상만은 물수건으로 아내의 손발을 씻기고, 머리를 빗겼다.

막상 아내를 떠나보내려고 하니 마음이 편치 않았다. 상만은 기원하듯 아내의 손을 잡았다. 아내의 체온을 느낄 수 있는 것도 이것이 마지막이었다.

"예슬이 엄마, 내가 잘하고 있는 거지? 잘하고 있다고 말해 줘."

아내는 표정이 없었다. 상만은 쓸쓸한 얼굴로 그녀의 얼굴을 쓰다듬었다.

똑똑. 노크 소리가 들렸다. 간호사들이 카트를 끌고 나타났다. 상만은 수술실까지 아내를 쫓아갔다. 소식을 듣고 뒤늦게 달려온 누이가 카트를 붙들고 소리 내어 울었다.

"아이구, 아이구. 불쌍해서 어쩌나…."

간호사들과 인턴들이 누이를 말렸다.

"이러시면 안 됩니다."

아내를 미워하던 누이도 마지막이라 그랬는지, 그간 쌓았던 악감정을 모두 털어낸 모양이었다. 상만이 흐느껴 우는 누이를 끌어냈다. 비록 아내는 죽으러 가는 길이지만, 이 길이 다른 아이에겐 생명의 길이었다. 민지를 태운 카트가 아내를 뒤따라 수술실에 들어가고 있었다. 그들이 사라지고, '수술중'이라는 글자에 불이 들어왔다.

상만은 담담한 얼굴로 수술실 앞을 지켰다. 미경이 커피를 뽑아왔다.

"식사 아직 안 하셨죠? 가서 식사하세요. 여긴 제가 지킬게요."

"민지 아버님은 왜 안 오십니까?"

"예?"

미경은 당황했다.

"애가 수술을 하는데 안 보여서 말입니다."

"글쎄요. 제가 계속 연락을 드리긴 했는데… 아마 곧 오실 거예요."

“네.”

상만은 고개를 끄덕였다. 그러나 민지 아비란 사람은 반나절이 지나도록 모습을 드러내지 않았다. 수술이 길어지자 상만은 병원 밖으로 나와 담배를 피웠다.

오늘이 수술인 걸 어떻게 알았는지 기복이 찾아왔다.

“어떻게 알고 왔어?”

“형수님 오늘 마지막이잖아. 섭섭하게시리… 연락 안 할 생각이었어?”

“미안하다. 경황이 없었다.”

“수술 받으러 들어간 거야?”

상만은 고개를 끄덕이는 것으로 대답을 대신했다.

기복은 보는 눈이 없나 주위를 살피더니 입을 열었다.

“형, 세상은 말야. 참 공평한 거 같아.”

상만은 의아해하는 눈빛으로 기복을 쳐다보았다. 그러자 기복이 말했다.

“개나 소나 다 불공평하잖아.”

상만은 말뜻이 이해가 안 돼서 재차 물었다.

“그건 또 뭔 소리야?”

기복이 피식 웃으며 대답했다.

“한종식 그놈 딸내미가 오늘 내일 한대, 심장병 걸려서.”

상만이 흠칫 놀랐다. 기복이 말을 이었다.

"형도 놀랐지? 근데 그 딸내미가 이 병원에 입원해 있다는 거야. 형수 배웅도 하고 사전 답사도 할 겸 왔어."

상만의 심장박동이 점점 빨라졌다. 상만은 망치로 한 대 얻어맞은 듯 정신이 멍해졌다. 상만은 덜덜 떨리는 손으로 기복의 멱살을 잡았다. 상만은 핏발 선 눈동자로 물었다.

"정말 그놈 딸이 심장병에 걸렸어? 헛소리 하지 마."

기복은 상만의 반응에 당황해서 물었다.

"형, 왜 이래?"

"확실한 거냐고? 말해!"

"나, 그놈 따까리였잖아. 나 못 믿어? 이것 좀 풀고 얘기하라니깐."

상만은 충격과 혼란으로 얼어붙었다. 감당하기 힘든 패닉에 몸이 휘청거렸다.

그 순간, 상만의 시선이 한곳에 붙박였다.

수술실 문이 열리면서 간호사들이 카트 두 대를 끌고 나왔다. 새 심장 덕분에 생명을 얻은 민지는 마치 잠이 든 것처럼 편안한 얼굴로 누워 있었다. 반면에 심장을 적출당해 숨이 끊어진 아내는 흰 천을 뒤집어쓴 채 나타났다. 상만이 터벅터벅 아내에게 다가섰다. 인턴들이 그에게 길을 터주었다.

상만은 흰 천 밖으로 나온 아내의 손을 잡았다. 아내는 차갑게

식어 있었다. 가슴이 철렁 내려앉았다. 아내는 죽었다. 그가 아
내를 보내버렸다. 다시는 닿을 수 없는 그곳으로 아내를 보내버
렸다. 끝까지 살려고 발버둥 치던 여자를 속절없이 보내버렸다.
상만은 흰 천을 거뒀다. 아내의 얼굴이 보고 싶었다.

"지영아, 지영아."

인턴들이 몸부림치는 상만을 뜯어 말렸다. 간호사들이 황급히
카트를 끌고 나갔다. 상만은 힘없이 바닥에 주저앉았고, 누이가
쓰러진 상만을 부축했다.

아내의 장례식은 그날 저녁에 있었다. 상만은 병원에서 장례
를 치렀다. 누이가 조카들에게 급하게 돈을 꾸고, 매형의 퇴직금
을 털어냈다. 일단 그것으로 장례비를 마련할 수 있었다. 상만은
아내의 사망 진단서에 서명을 하고, 상복으로 갈아입었다.

오후에 기복이 다녀갔다. 그는 아내의 영정 사진 앞에 향을
피워 올리고 절했다. 조문객 하나 없는 빈소는 한산했고, 초라
했다.

"이제 어쩔 거야, 형?"

"…."

"그놈을 어떻게든 죽여야 될 거 아냐!"

기복은 이를 갈며 말했다. 상만은 아무 말 없이 담배만 피워
댔다.

"총 내놔. 내가 그놈 죽여줄게."

"기복아, 정말 다음 세상이란 게 있을까?"

기복은 상만을 쳐다보았다.

"무슨 소리야? 그게?"

"진짜 저승 같은 게 있으면… 나, 네 형수랑 애 어떻게 보나?"

"형…."

"내가 얼마나 바보 같은지. 지금 날 얼마나 원망하고 있을까…."

"그런 소리 하지 마, 형."

"이젠 내가 싫다. 진절머리가 난다."

상만은 아내의 영정 사진을 바로 볼 자신이 없었다. 이토록 허망하게 보낼 줄 알았더라면 왜 예슬을 죽였냐고 탓할 게 아니었다. 왜 날 기다리지 못하고 먼저 가버렸냐고 원망할 게 아니었다. 같이 죽자고 협박할 게 아니었다. 아내를 생각할 때마다 가슴이 미어졌다. 미어지고, 또 미어졌다. 그 허망의 깊이엔 끝이 없어서 늘 새로웠다.

누이에겐 이 사실을 알리지 않았다. 아내는 좋은 일을 하고 저승에 간 걸로 사람들 뇌리에 기억시키고 싶었다. 끝까지 종식의 희생양으로 목숨을 잃었다는 애기를 듣고 싶지 않았다.

저녁 무렵이 되어서야 미경이 장례식장에 찾아왔다.

“민지 수술은 잘 끝났어요. 다 아버님 덕분입니다.”

“그런가요?”

미경은 갑자기 싸늘해진 상만의 태도에 놀란 기색이었다. 상만이 물었다.

“민지 아버지는 아직도 병원에 안 왔습니까?”

“아, 예…. 연락은 계속하고 있….”

상만은 미경의 말을 끊었다.

“언제까지 날 속일 셈입니까?”

“….”

“한종식, 그놈이 민지 아비 아닙니까? 얼마나 받아요?”

“네?”

“그 짓거리해서 얼마나 받느냐 말입니다.”

“아버님, 제가 진작 말씀드렸어야 했는데….”

상만은 다짜고짜 미경의 멱살을 잡았다.

“너하고 한종식 그놈이 날 갖고 놀았어. 안 그래? 지영이 심장 얻으려고 여태까지 날 속인 거 아냐. 뭐? 진작 말하려고 했어? 니들이 진짜 그랬을까? 일단 수술만 시켜놓고 보자, 그랬겠지. 아냐? 내 말이 틀려? 틀리면 틀리다고 말해봐!”

“….”

“민지한테 가봐. 예슬이 엄마 심장 훔쳐간 그 계집애한테 가 보라고!”

미경은 상만에게 인사를 하고, 황망히 장례식장을 빠져나갔다.

장례식장 다른 곳에서 술을 따르고, 고스톱을 치는 조문객들의 왁자지껄한 소리가 상만의 텅 빈 빈소까지 들려왔다. 상만은 뜬눈으로 밤을 새웠다. 향이 떨어질 때마다 새로 불을 붙여 꽂았다.

미경은 이튿날 날이 밝기 무섭게 상만 아내의 빈소를 찾았다. 민지를 살리겠다는 마음에 지금껏 사실을 숨겨온 것을 사죄하고, 조금이나마 상만의 마음을 위로하기 위해서였다. 하지만 상만은 빈소에 없었다.

"나상만 씨?"

미경은 상만을 찾았다. 상만이 보이지 않았다. 장례도 끝나지 않았는데, 상주가 없어지다니. 설마 하고 미경의 머릿속에 불길한 상상이 피어올랐다. 만약에 복수를 다짐하고 있다면!

안 된다. 그건 안 된다. 미경은 급히 병원으로 달려갔다. 엘리베이터 버튼을 눌렀다. 5층이 소아과 병동이었다. 미경은 엘리베이터에서 내리자마자 카트를 끌고 가는 인턴과 부딪쳤다.

"죄송합니다."

미경은 사과했지만 인턴은 급히 사라졌다. 미경은 민지의 병실로 달려갔다. 우려했던 사태가 벌어졌다. 민지가 침대에 없었다. 링거호스가 아무렇게나 뽑혀 바닥을 뒹굴고 있었다. 미경은 문득 아까 자기와 부딪쳤던 인턴을 생각했다. 그가 끌고 가던 카트. 거기 누워 있던 아이가 민지가 아닐까?

미경은 황급히 엘리베이터로 달려갔다. 엘리베이터 문이 닫히고 있었다. 인턴 복장으로 마스크를 쓰고 있던 상만이 미경을 노려보고 있었다.

"안 돼요!"

미경이 엘리베이터를 잡기 전에, 이미 엘리베이터는 옥상으로 올라가고 있었다. 미경은 급히 데스크로 달려갔다. 이 사실을 알려야 했다. 그리고 종식에게도 전화를 걸었다.

통화 연결음이 지겹도록 되풀이 되었다. 종식은 전화를 받지 않았다.

"민지 아버님, 대체 어디 계신 거예요!"

상만은 잠든 민지를 옥상 라운지 벤치에 눕혔다. 그러곤 오만 가지 공구가 들어 있을 법한 묵직한 가방을 민지 머리맡에 두었다. 상만은 심중을 알 수 없는 표정으로 민지를 내려다봤다. 바람의 찬 기운을 느꼈는지 민지가 눈을 떴다.

"아저씨."

"그래, 민지야."

"추워."

상만은 겉옷을 벗어 민지에게 입혔다.

"우리, 왜 여기 있어요?"

"민지랑 놀려고 데려왔다."

"놀아?"

"너 스파이더맨 아니?"

민지는 고개를 끄덕였다.

천수의 장례식장이 한순간 술렁거렸다. 상복을 입은 조문객들을 헤치고, 종식이 꼬질꼬질한 점퍼 차림으로 빈소에 들어섰다. 게다가 그는 반쯤 술에 취해 있었다. 마침 장례식장에 있던 김 형사가 종식을 밖으로 끌어냈다.

"너, 며칠 동안 연락도 없고, 어디 가 있었어?"

"…."

"민지 수술한다고, 병원에서 얼마나 너 찾은 줄 알아?"

종식은 귀찮은 듯 김 형사를 물리쳤다. 종식은 국화 한 송이를 천수의 영정 사진 앞에 놓았다. 그에게 큰절을 올리고 상주에게 절을 했는데 상주는 그다지 반기는 얼굴이 아니었다. 종식은 상주의 손을 잡았다.

"제가 진짜 아끼던 후배 놈입니다."

"아, 예…."

"그런데 제가 죽였어요."

"예?"

마침 빈소를 찾았던 경찰서장, 총무계장, 수사계장이 술에 취한 종식이 헛소리를 하는 줄 알고 눈살을 찌푸렸다.

"뭣들하고 있나. 당장 저놈을 밖으로 끌어내."

김 형사가 달려와 종식을 붙들었다.

"어디서 술을 이렇게 마시고 왔어? 나가자, 나가."

하지만 종식은 끝까지 상주 옷자락을 놓지 않았다.

"제가 죽였습니다! 천수 저 자식, 제가 죽였어요!"

"얼른 끌어내!"

"진짜라니까. 아, 왜 내 말을 안 믿어!"

형사들은 종식을 빈소 밖으로 끌어냈다.

술에 취한 종식은 신발마저 짝짝이로 신고 있었다. 김 형사가 커피를 권했다. 종식은 싫다고 고개를 돌렸다.

"아우, 이 화상, 이걸 어떻게 해야 돼?"

김 형사가 한숨을 푹푹 내쉬었다.

"민지, 수술은 잘됐대?"

"빨리도 묻는다. 궁금하면 네가 병원에 해봐."

"…."

"넌 어떻게 아비라는 게…. 애 수술하는데 어디서 자빠져서 연락도 안 되고."

"민지한텐 내가 없는 게 나아요. 내 얼굴 보면 될 수술도 안 돼."

"어디서 이렇게 처마시고 와선."

"형, 나도 사람이요. 누가 딸내미 아프다는 데 가보고 싶지 않겠어? 근데 그게 안 되니까 그런 거 아냐. 내가 병원 가면 이식수술도 못 했을 거야. 나상만 때문에….″

"나상만? 그놈이 왜? 아직도 너한테 연락 하냐?"

"그 사람 마누라가 우리 민지한테 심장 준 사람이야."

"뭐? 아니, 나상만이 순순히 허락해줬어?"

"그랬겠어?"

종식은 슬픈 얼굴로 허공을 바라보았다.

"그래서 병원에 안 갔구나."

"다 내 탓이요, 천수 저 새끼 죽은 것도 내 탓이고. 나, 민지 회복되는 거 보면 형한테 자수할게."

"이거 또 헛소리하네."

그때였다. 형사들이 달려왔다. 종식을 부르고 있었다.

"큰일 났습니다."

종식의 눈이 번쩍 뜨였다.

종식은 급하게 차에 올랐다. 조문 온 경찰들이 세워둔 차량 중에 하나를 급하게 잡아탄 것이었다. 민지가 납치되었다는 제보였다. 종식은 시동을 걸고, 엑셀을 밟았다. 술에 취한 놈이 운전대를 잡는다며 김 형사가 같이 가주겠다는 걸, 무시하고 급하게 출발했다.

경찰차 무전기에서 다급한 무전음이 흘러나왔다.

사고 발생. 사고 발생. 대학 병원에서 인질극이 발생했다. 현재 9세 어린이가 인질로 잡혀 있는 상황. 용의자는 3년 전, 오문수 살인 사건 인질극을 벌였던 자로 이름은 나상만….

종식은 무전을 꺼버렸다. 애가 탔다.

"나상만, 네가 우리 민지를 건드려?"

종식은 교통 신호를 있는 대로 무시하고 도로 한복판을 질주했다. 사방에서 경적이 울렸다. 종식은 백미러를 보았다. 장례식을 빠져나올 때부터 그의 뒤를 밟는 밴이 보였다. 한 대가 아니고 석 대였다. 느낌이 좋지 않았다. 지금 이 따위 놈들을 상대할 시간이 없었다.

종식은 급하게 핸들을 틀었다. 그때였다. 맞은편에서 거대한 트럭이 경적을 울리며 돌진해왔다. 종식의 차량은 트럭에 들이받혀 공중으로 치솟았다. 데굴데굴 몇 바퀴를 구르고 나서야 차량은 멈춰 섰다.

종식은 신음했다. 차가 전복되어 있었다. 이마에서 핏물이 줄줄 흘렀다. 종식은 핏물을 닦아냈다. 트럭과 밴에서 건달 놈이 하나둘 내리고 있었다.

놈들은 파이프를 비롯한 각종 연장을 들고 있었다. 황 사장 수하가 종식을 향해 손짓하자 놈들이 우르르 달려들었다.

놈들이 쇠망치로 차창을 부수기 시작했다. 차창이 쩍쩍 깨져 나갔다. 개중에 한 놈이 차량에 휘발유를 뿌리고 불을 붙였다. 그러곤 깨진 차창으로 탈출하는 종식을 기다렸다는 듯이 짓밟기 시작했다.

종식은 불붙은 장대를 집어 들고, 창처럼 휘둘렀다. 기겁한 놈들이 뒤로 물러섰다. 종식은 놈들의 대열이 흩어진 틈을 놓치지 않고, 칼을 들고 덤비는 놈 하나를 붙잡아 뒤에서 달려드는 놈 가슴팍에 박아 넣었다. 말 그대로 아수라장이었다.

종식은 악착같이 맞섰지만 점점 밀리고 있었다. 그러다 쇠파이프로 뒤통수에 일격을 당했다. 깨진 머리에서 피가 주르르 흘러내렸다. 종식은 균형이 잡히지 않는지 비틀거리다 넘어졌다. 종식은 서슬 퍼렇게 소리치며 몸을 추슬렀다.

"비켜! 비켜! 나, 민지한테 가야 돼. 민지한테…."

순간이었다. 승용차가 쾅하고 굉음을 내며 폭발했다. 건달들이 우왕좌왕하는 틈을 이용해 종식은 놈들 차에 올랐다. 종식을 막으려고 건달들이 앞을 가로막았지만, 종식은 액셀을 밟아버렸다. 놈들이 비명을 지르며 물러섰다. 종식의 차는 스키드 마크를 남기며 그 지옥 같은 아수라장을 빠져나갔다.

상만은 병원 아래를 내려다봤다. 경찰들이 신속하게 바리케이드를 치고 있었고 의경들이 구름처럼 몰려든 구경꾼들을 바리케이드 밖으로 몰아내고 있었다.

3년 전 상황과 똑같았다. 그리고 병원과 인접한 빌딩 창문에 저격수들이 일사분란하게 위치를 잡는 것이 보였다. 그들의 조준경에 상만과 민지가 들어왔다.

저격수들은 상만 가슴에 조준경 십자선을 정확히 조준했다. 방아쇠울에 손가락을 집어넣고 명령을 기다렸다. 저격수들이 일제히 무전기에 외쳤다.

"시야 확보."

그때, 종식의 차량이 사건 현장에 도착했다. 고함을 질러대며 현장을 통제하던 경찰들은 피투성이가 된 종식을 보고 놀랐다.

"한 형사, 너 어떻게 된 거야?"

"무전기 좀 줘봐요."

"야, 안 되겠다. 한 형사 응급실로 옮겨!"

종식은 부축하는 경찰들을 뿌리쳤다.

"나상만하고 얘기해야 되니까 무전기 달라고!"

"한 형사, 무리하지 말고…."

"무전기 달라고! 내 말 안 들려!"

형사들이 서로 눈치를 살폈다. 반장이 건네주라고 고갯짓했다. 종식이 무전기를 받아들자 치지직 소리와 함께 상만의 목소리가 들렸다.

—한종식 형사님? 금방 오실 줄 알았는데, 오래 걸리셨네요.

"뭐?"

—공사다망하신 분이라 이렇게라도 안 하면 뵐 수가 있어야
죠. 이리 올라오십시오. 좋은 구경 시켜드리겠습니다.

"우리 민지한테 손대지 마!"

상만은 무전기를 꺼버렸다. 종식은 옥상에 올라갔다. 하지만
종식은 정직 상태이고 인질의 부모이기 때문에 냉철한 판단을
할 수 없는 상태였다. 몸 상태도 좋지 않다는 이유로 경찰들한테
제지를 당했다.

"나 때문에 인질극을 했다지 않습니까? 제가 가야죠."

"글쎄, 자네는 이번에 빠져."

"내 딸이 잡혀 있단 말입니다!"

병원 입구는 기어코 건물에 들어가려는 종식과 제지하려는 형
사들이 얽히고설키고 난리도 아니었다. 기자들까지 양쪽으로 우
르르 달려들어 현장은 아수라장으로 돌변했다. 종식은 그 틈을
이용해 경찰들을 밀치고 건물 안으로 진입했다.

엘리베이터가 폐쇄되어 계단으로 뛰어 올라갔다. 숨이 턱까지
차올랐지만, 종식은 필사적으로 계단을 올랐다. 무전기가 울렸
다. 상만이었다.

242

─오고 있는 건가?

"민지는 건드리지 마."

─그건 당신이 선택할 문제가 아니야.

"걔가 무슨 죄가 있어!"

─그럼 우리 예슬이는 죄가 있어서 죽었나? 우리 마누라는 죄가 있어서 죽었나?

"어쩔 수 없었어. 당신도 자식 키우는 아빠잖아. 민지 수술비가 없었어. 내가 나쁜 놈이야. 애한테 그러지 말라고! 나한테 덤벼. 이 비겁한 놈아!"

─네 놈은 그럼 얼마나 떳떳했지? 네 딸애를 살리자고, 날 그렇게 속였잖아.

"나상만, 전에도 말했지. 넌 사람 못 죽여."

─내가 언제 민지를 죽인다고 했나?

종식은 마른침을 삼켰다. 협상의 여지가 보였다. 상만이 말했다.

─당신이 어떤 인간인지, 애 앞에서 보여줄 거야.

"뭐?"

─민지 앞에서 지금껏 네 놈이 저지른 짓거리를 고백해. 그럼 민지는 살려준다.

종식은 머리를 흔들었다. 그건 불가능했다.

"다른 걸로 하자."

—민지 앞에서 말 몇 마디 지껄이는 게 힘들어? 기어코 내 손
으로 마누라 심장을 되찾길 원하나? 그게 네 놈이 원하는 거야?

민지는 종식 때문에 마음의 문을 닫고, 스스로 어둠에 갇힌 아
이였다. 그래서 치료 기간 내내 종식은 민지의 얼굴을 바로 보지
못했다. 딸애를 볼 수 있는 시간은 민지가 기절하거나 혼수상태
에 빠질 때뿐이었다.

그런데 지금 민지 앞에 나서서, 지금까지 저지른 악행을 고백
하라니. 민지는 아빠의 실체를 알게 되면, 어쩌면 영원히 어둠에
갇힐지도 모른다. 엄마가 자기 때문에 죽었다고 세상의 문을 닫
은 아이가 자기 수술비를 벌려고 아빠가 남의 집 아줌마와 동갑
내기 친구를 죽게 만들었다는 걸 알면 어떻게 될까.

—그래서 안 오겠다는 건가?

상만이 말했다.

"간다. 가는 중이다."

종식은 계단참에 멈춰 잠시 숨을 골랐다. 그 순간이었다. 위층
에서 내려오던 괴한 하나가 종식을 스치고 지나갔다. 바닥에 후
드득 핏물이 떨어졌다. 종식의 등에 두터운 식칼 손잡이가 박혀
있다.

"으윽."

종식은 신음하며 주저앉았다. 고개를 들어서 보니, 괴한의 정
체는 기복이었다. 종식은 중심을 잡으려 안간힘을 썼지만 비틀

거렸다. 바닥에 흥건하게 고인 핏물에 미끄러져 털썩 쓰러지고
말았다.

"죽어!"

기복은 칼을 뽑아서 재차 찌르려고 했다. 하지만 계단을 올라
오는 경찰들을 보곤 황급히 도망쳐버렸다. 종식이 떨어뜨린 무
전기에서 상만의 목소리가 흘러나왔다.

—올라오고 있나?

경찰들은 종식을 보곤 소스라치게 놀라 의료진들을 불렀다.
의사들이 종식을 카트에 옮겼다. 당장 수술해야 했다.

"안 돼. 수술은 안 돼."

종식이 소리 질렀다. 마취 때문에 정신을 잃을 수 없었다. 상만
과 무전 연락을 해야 한다. 민지를 만나야 했다. 보다 못한 의사
가 무전기를 빼앗아서 상만과 연락을 취했다.

"한종식 형사, 당장 수술해야 합니다."

—수술? 당신 누구야?

"박경철이라고, 신경외과 의사입니다. 한 형사님이 칼에 찔
렸습니다. 뇌진탕 증세도 있어요. 죽어가고 있단 말입니다!"

한종식이 죽는다고? 상만은 충격에 휩싸였다. 아무것도 모르는
민지는 그런 상만을 의아한 얼굴로 쳐다보고 있었다.

"아저씨, 언제 놀아요?"

"…."

“아저씨.”

그제야 상만은 민지가 자기를 부르고 있음을 깨달았다. 이건 상만이 계획했던 작전이 아니었다. 그의 복수는 이런 게 아니었다.

‘한종식, 너는 이렇게 죽으면 안 된다.’

상만은 의사에게 무전기로 말했다.

“지금 그 사람, 위급합니까?”

—당장 수술을 해야 되는데 안 하겠다고….

의사가 대답하는 걸, 종식이 빼앗았다.

—기다려라. 곧 갈 거다.

“무리하지 마. 내가 민지를 데리고 가겠다.”

종식이 윽박질렀다.

—안 돼! 애 엄마도 피칠갑이 돼서 죽었어. 나도 지금 그렇다. 애한테 이런 모습 보일 수 없어. 제발 부탁이다. 용서는 바라지 않겠다. 지옥에 가서 내가 지은 죄 다 받겠다.

“….”

—나만 죽으면 끝이다. 나상만 당신은 나만 죽으면 되잖아. 나 이대로 그냥 죽겠다. 그러니까 우리 민지, 우리 민지는….

“민지를 데려가겠다.”

종식의 목소리가 들렸다. 그는 흐느끼고 있었다.

—제발…. 우리 민지 괴롭히지 마.

“죽는다면서, 딸애도 안 보고 갈 셈이야!”

상만이 소리를 질렀다.

—….

“딸애 얼굴은 봐라. 너 협박하려고 하는 게 아니다. 내 말 알
겠어?”

종식은 눈물을 흘렸다. 당장에 주사를 놓고 수술해야 한다는
의사들을 총으로 위협해 물리치고 있었다. 그의 눈꺼풀이 점점
감기고 있었다. 그가 누워 있는 카트가 피로 흠뻑 젖었다. 종식
은 무전기를 붙든 채 서서히 죽어가고 있었다.

“고맙다.”

—네 놈을 위해서가 아니야! 민지를 위해서다.

“….”

—수술 받아! 수술 받으면 민지를 살려주겠다. 네 놈은 그렇
게 죽어선 안 돼. 더 고통스럽게, 피를 말려가면서 죽어야 돼. 내
말 알아듣나!

종식이 그 말에 옅게 웃었다.

“그럼, 내 부탁을 들어주면 수술 받겠다.”

상만은 잠시 말을 멈췄다. 생각하는 모양이었다. 종식은 상만
의 대답을 기다리지 않고 말했다.

“당신… 내 딸이랑 얘기도 하고 그러던데…. 우리 민지 웃길
수도 있나?”

―뭐?

"민지의 웃는 얼굴을 보고 싶다. 난 그거면 된다."

상만은 병원 상공을 날아다니고 있는 방송국 헬기를 올려다보았다. 방송국 기자가 상만과 민지를 실시간으로 카메라에 담고 있었다.

상만은 불현듯 생각이 떠올랐다. 가방을 열었다. 그 안에서 분장에 쓸 화장품과 풍선, 색종이, 인형 등 마술에 필요한 소도구를 꺼냈다. 상만은 얼굴에 분장을 시작했다. 원수의 아이를 웃게 하기 위한 마술 쇼였다. 분장을 하는 내내 죽은 오문수 사장의 말이 떠올랐다.

자네 쇼엔 말여, 사람을 훅 후려잡는 게 엄써. 맥아리가 없단 말여.

갑자기 오문수의 죽음 이후로 그가 겪어야 했던 숱한 아픔과 좌절들이 주마등처럼 스쳐지나갔다. 눈물이 흘렀다. 자꾸 눈물이 흘러 피에로 분장이 기괴하게 지워지고 있었다. 눈가에 칠한 분장이 번져 검은 눈물이 뚝뚝 떨어졌다. 민지는 상만의 슬픈 피에로 분장을 보곤 그의 품으로 달려가 풀썩 안겼다.

"민지야, 괜찮아."

종식은 가쁜 숨을 몰아쉬었다. 종식의 무전기에서 인질극 현장의 다급한 무전음이 밀고 들어왔다.

—현장에서 이상 징후 발생.

—아이를 데리고 방에 들어갔다. 시야 확보 불가.

—범인이 날카로운 물건을 들고 나타났다. 아이는 보이지 않는다.

상만을 쏘려고 조준경에 온 신경을 집중하고 있던 저격수들이 일순, 의아하다는 듯 조준경에서 눈을 뗐다가 다시 보기를 반복했다. 당황스럽고도 난감해하는 저격수들의 공통된 표정. 병원 입구에서 현장을 구경하던 사람들의 웅성거리는 소리가 갑자기 커졌다.

사람들의 시선이 일제히 건물 옥상에 설치된 대형 전광판에 몰렸다. 믿을 수 없는 광경이 펼쳐지고 있었다.

지상에서 다급하게 돌아가는 아수라장과 달리 옥상 풍경은 평온하기 이를 데 없었다. 상만은 공연을 하고 있었다. 관객 한 사람을 위한 공연이었다. 상만은 주머니에 있는 갖가지 도구를 꺼내 마술을 보여주었고, 민지는 입에서 끝도 없이 카드가 나오는 사소한 마술에도 환하게 웃었다. 엄마의 죽음 이후, 처음 웃어보는 민지였다.

조준경으로 그들의 공연을 보고 있는 또 다른 관객, 저격수들도 피에로 상만이 익살을 떨자 긴장감을 잃고 피식피식 웃기 시작했다. 옥상 전광판으로 상만의 공연을 지켜보고 있던 사람들도 하나둘 웃기 시작했다. 웃음은 삽시간에 사방으로 전염되고 있었다.

상만은 무전기에 대고 말했다.

"민지가 웃었다. 한종식, 보고 있는 거야?"

—….

"보고 있냐구? 민지가 웃었다!"

—….

"대답해!"

종식은 대답할 수 없었다. 피눈물이 고인 눈동자로 슬프게 TV을 바라보던 종식은 눈을 뜬 채로 굳어 있었다.

의사들이 참담한 얼굴로 종식의 눈을 감겨주었다. 종식의 눈에서 피눈물이 흘러내렸다. 그는 이제 모든 짐을 내려놓아 차라리 평화로워 보였다.

당신이 우리를 찌르면 피 흘리지 않습니까? 당신이 우리를 간질이면 웃지 않습니까? 당신이 우리에게 독을 먹이면 죽지 않습니까? 당신이 우리를 괴롭히면 복수를 하지 않을까요?

—『베니스의 상인』(셰익스피어 지음)

칸트는 절대응보야말로 정의라고 했다.

성경은 용서야말로 인간의 힘으로 만드는 작은 기적이라고 했다.

나는 이 소설을 쓰기 전까지는 칸트를 지지했다. 복수는 상처를 치료하는 지름길이고, 용서는 상처를 드러내는 먼 길이라고 생각했다. 저 앞에 등장하는 문구처럼 최소한 내가 받은 만큼은 돌려줘야 하지 않겠는가?

　내게 있어 글 작업은 밥벌이기도 하지만, 어제보다 조금이라도 더 나은 인간이 되길 바라는 마음으로 쓰고 있다.
　『나는 아빠다』를 쓰는 동안 내 안에 작은 변화가 생겼다.
　세상에는 크든 작든 용서와 복수의 갈림길에 놓인 이가 많을 것이다.
　모쪼록 '복수'라는 무익한 열정 때문에 영혼과 삶이 송두리째 베이는 일은 없었으면 좋겠다.
　세상은 고통으로 가득하지만 그 고통을 극복하려는 인고로도 가득하니까.

나는 아빠다

초판 1쇄 발행 2011년 4월 7일

지은이 윤현호
펴낸곳 보아스

주소 서울시 마포구 성산1동 629-14번지 1층
전화 (02) 332-1238 | 팩스 (02) 335-1238
이메일 boazbook@naver.com

* 이 책은 보아스가 저작권자와 계약에 따라 발행한 것이므로
  본사의 허락 없이는 어떠한 형태나 수단으로도 이 책의 내용을 이용하지 못합니다.
* 책값과 ISBN은 뒤표지에 있습니다.
* 잘못된 책은 구입하신 곳에서 바꿔 드립니다.